이제 그것을 보았어

박혜진의 엔딩노트

이제 그것을 보았어

ㄴㄴ〉〈ㄷㄴ

차례

해피엔딩은 강박,
새드엔딩은 불안

누구에게나 끝이 있다. 그러나 어느 누구도 자신의 끝을 알 수 없다. 어쩌면 나는 미지의 끝을 보고 싶다는 욕망 때문에 소설을 읽는 게 아닐까. 좋은 작품을 만나면 소설이 끝나는 게 두려워 일부러 읽는 속도를 늦추거나 잠시 묵혀뒀다 다른 날 다시 꺼내 읽는 사람들도 있다지만, 나는 한 번도 그래본 적이 없다. 끝으로 향하는 길을 지연시키다니. 끝을 보는 것만이 소설을 읽는 이유는 아니지만 끝을 봐야만 소설을 읽은 것처럼 느끼는 내겐 있을 수 없는 일이다. 소설의 끝은 한 치 앞도 볼 수 없는 근시의 인간에게 잠깐만 허락되는 신의 눈이다.

왜 이렇게 끝을 보고 싶어하는 거냐고 묻는다면, 제때 끝내지 못해 평생을 끌려다니고 있기 때문이라고 말해야겠다. 끝내야 할 때 끝내지 못하거나 조금 더 기다려야 할 때 서둘러 끝내버리는 바람에 끝이라면 괴롭고 아쉬운 기억이 대부분이다. 유종의 미는 대체 어디에 숨어 있기에 내 앞에는 이토록 나타나지 않는 걸까. 그런데 시작은 또

잘한다. 마구 일을 벌이고 잘할 수 있을 거라고 생각한다. 문제는 끝이다. 언제 어디에서 어떻게 끝내야 할지 모르겠다. 아무리 좋은 작품도 적당한 곳에서 끝나지 않으면 태작駄作이 된다. '끝을 모르는' 내가 소설의 엔딩을 차곡차곡 쌓아두려는 이유도 다른 데 있지 않다. 소설이 인생 수업이라면 소설의 마지막 순간들을 수집한 이 노트는 타의에 끌려다니지 않기 위한 끝내기 기술이다.

평론가로서 작품을 마주할 때는 가능한 한 많은 구조를 살피고 그 구조가 의도하는 메시지를 찾아내는 데 집중한다. 작가의 의도가 곧 작품의 의미를 결정짓는 것은 아닐 테지만 작가의 의도를 파악하고자 애쓰는 편이다. 편집자로서 작품을 볼 때는 좀 다르다. 답을 만들어내기보다 다양한 질문을 만들어낼 수 있는 결말을 상상하려고 노력한다. 작품의 마지막은 작가에게 끝인 동시에 독자에게 새로운 시작이다. 작품이 독자에게로 넘어오는 사이에 '끝'이 있다. 편집자 12년 차이자 평론가 8년 차의 노트에 담고 싶은 불멸의 엔딩들. 우리 곁을 스쳐간 수많은 엔딩을 목격하면 이런 나도, 그러니까 끝을 모르는 나도 조금 자라날 수 있을까.

어떤 마지막은 더할 나위 없이 희망적이었고 어떤 마지막은 믿고 싶지 않을 만큼 절망적이었다. 김혜진 작가의 『딸에 대하여』는 내가 편집한 소설 중 엔딩이 가장 아름다운 작품이었다. 전세금을 다 써버린 탓에 집house을 구할 돈이 없는 딸이 엄마에게 아쉬운 소리를 하는 장면으로 시작하는 이 소설은 딸과 딸의 동성 연인, 엄마, 엄마가 돌보는 독거노인이 누구 하나 소외되지 않고 머물 수 있는 집home에서 한가로이 시간을 보내는 장면으로 끝난다. 자신이 있던 자리에서 밀려난 여성들이 한집에 모여 평화롭게 주말 오전을 보내는 이 장면은 다만 머무르는 공간으로서의 집을 장소로서의 집으로, 제도적 공동체로서의 가족을 정서적 공동체로서의 가족으로 전환시킨다.

조남주 작가의 『82년생 김지영』은 내가 편집한 소설 중 엔딩이 가장 절망적이었던 작품이다. 경력단절 여성으로 언어 상실이라는 이상 증세를 보이는 김지영씨의 인생 이야기는 소설 안에서 일말의 완화나 모종의 치유도 없이 끝나버린다. 작가는 이 결말을 두고 작중 인물에게 미안한 마음을 토로한 적이 있다. 방안에 김지영씨를 두고 나와 문을 닫아버린 것 같은 기분이라는 것이다. 더욱이 김지영씨의 증상을 보고서로 작성하는 의사는 환자에 대해 이야기하는 전문가로서의 의식과 간호사를 고용하는 고용주로서의 의식이 불화하는 모습을 보인다. 『82년생 김지영』의 결말을 장식하는 의사의 에피소드는 인식과 현실이 조화를 이루지 못하는 한계를 보여준다.

엔딩이라 하면 흔히 해피엔딩이나 새드엔딩을 떠올리지만 대개의 엔딩은 행복하지도 슬프지도 않다. 『딸에 대하여』의 따사로운 분위기는 해피엔딩이라는 말에 어울리는 것 같고 『82년생 김지영』의 절망적인 분위기는 새드엔딩이라는 말에 적합한 것 같지만 두 작품 모두 해피엔딩도 새드엔딩도 아니다. 『딸에 대하여』가 바뀌지 않을 것 같던 사람이 달라지게 되는 모습을 보여주는 성장의 엔딩이라면

『82년생 김지영』은 많이 바뀌었다고 생각했는데 여전히 변하지 않은 것을 보여주는 퇴행의 엔딩이다. 『딸에 대하여』가 한 발짝 전진하는 끝이었다면 『82년생 김지영』은 한 발짝 물러서는 엔딩이랄까.

아무려나 해피엔딩과 새드엔딩은 끝에 대한 선입견만 키운다. 애당초 인생이 행복과 불행으로 존재하지 않는데 행복한 결말과 슬픈 결말 따위가 존재할 리 없다. 행복과 슬픔 사이 그 어딘가에 멈춰 선 수많은 엔딩이 있을 뿐이다. 돌이켜보면 내가 좀처럼 끝을 내지 못하는 이유도 해피엔딩이 되어야 한다는 강박과 새드엔딩이어서는 안 된다는 불안 때문이었다는 생각이 든다.

모파상은 인생을 행복과 불행의 틀로 바라보지 않는다. 『여자의 일생』의 마지막 문장은 인생에 관한 가장 냉소적이고 염세적인 대사일 것이다. "인생이란 사람들이 생각하는 것만큼 그렇게 좋은 것도 그렇게 나쁜 것도 아닙니다." 굴곡 많은 한 여성의 고통스러운 결혼 생활을 그린 이 작품은 모진 풍파를 다 겪은 잔느가 종내에 이르러 뜨겁지도 차갑지도 않은, 높지도 낮지도 않은, 희망적이지도 절망적이지도 않은 인생론을 들려주는 장면에서 끝난다.

잔느의 말처럼 우리 인생 대부분의 시간은 대단히 좋지도, 특별히 나쁘지도 않은 상태다. 우리는 우리 자신의 상태를 좋음과 나쁨 사이에서 규정할 필요가 없다. 그러니 끝이라고 해서 특별해야 할 필요는 없다. 좋지도 나쁘지도 않은 엔딩이야말로 가장 좋은 엔딩일 수 있다. 가장 좋을 뿐만 아니라 가장 그럴듯한 엔딩일 것이다. 우리 인생이 그런 것처럼.

오늘의 책 :	관리의 죽음(『체호프 단편선』)
지은이 :	안톤 체호프
옮긴이 :	박현섭
출판사 :	민음사
발행일 :	2002년 11월 20일
오늘의 엔딩 :	그리고…… 죽었다.
오늘의 노트 :	나의 적은 나라는 말.

no. 1

닫힌 결말이라고 해야 할까. "그리고…… 죽었다"라니. 더이상의 이야기를 상상할 수 없으므로 닫힌 결말이라는 표현도 아주 틀린 말은 아니겠다. 이것은 체호프 단편소설 「관리의 죽음」을 장식하는 마지막 문장이다. 주인공 체르뱌코프는 집으로 돌아와 옷을 벗지도 않은 채 소파에 드러눕는데, 이어지는 다음 장면이 바로 죽었다는 소식이다. 지금도 「관리의 죽음」을 처음 읽었던 날이 생생하게 기억난다. 얼마나 놀랐던지, 나는 내가 방금 본 것을 믿을 수 없어 읽은 문장을 또 읽고 읽은 페이지를 또 읽으며 놓친 문장을 찾아헤맸다. 그런 건 없었다. 내가 미처 발견하지 못했던, 죽음을 암시하는 문장 같은 것 말이다. 그저 죽음이 왔을 뿐이다. 갑자기, 아무런 예고도 없이.

죽음이 이렇게 갑작스러워도 되는 걸까. 결말이 이렇게 느닷없어도 되는 걸까. 한 편의 콩트 같다고 생각하며 이 단편이 수록된 소설집을 책꽂이 안쪽 깊숙한 곳에 넣어두었다. 그후로도 오랫동안 체호프를 읽지 않았다. 아무리 그가 러시아를 대표하는 작가라고 해도,

혹은 '작은 인간'을 발명한 위대한 작가라고 해도, 그의 작품에 스며든 과장되고 비현실적인 설정을 나는 다소 얕잡아봤던 것 같다.

뭐, 그렇지 않겠나. 소설의 내용을 알게 되면 독자 여러분도 이런 내 태도를 조금은 이해해줄 거라 생각한다. 주인공으로 등장하는 한 남성이 있다. 그의 이름은 체르뱌코프. 직업은 회계원이다. 그가 어느 멋진 저녁에 오페라를 보다가 재채기를 한다. 예절 바른 우리의 주인공 체르뱌코프는 조금도 당황하지 않고 손수건으로 얼굴을 훔친 다음 주위를 둘러보는데, 마침 그의 시야로 한 남성이 들어온다. 남성은 자신의 대머리와 목을 장갑으로 열심히 닦으며 투덜거리고 있다. 마치 체르뱌코프의 침이 튀기라도 한 것처럼.

체르뱌코프는 그가 운수성 장군이라는 것을 알아본다. 문제는 여기서부터다. 바로 사과를 시도하는 체르뱌코프를 향해 장군은 괜찮다고, 앉아서 공연이나 보라고 하지만 그것을 더 화가 났다는 뜻으로 받아들인 체르뱌코프는 받아들여지지 않을 사과를 계속해서 시도한다. 급기야 직접 찾아가서 사과하고, 그게 잘 안 먹히는 것 같으니 다시는 찾아오지 않겠다고 성질을 낸 다음에, 그럼 편지를 한번 써 볼까? 마음먹은 다음, 무슨 말을 써야 할지 몰라 다시 또 장군의 집에 찾아가더니 결국에는 꺼지라는 말을 듣고야 마는 우리의 주인공. 미련하고 안쓰러운 체르뱌코프. 쫓겨난 그는 집으로 돌아오자마자 소파에 눕더니, 그대로 죽어버린다. 아니 이게 죽을 일이야? 문학작품에서 죽음을 이렇게 남용해도 되는 거야? 내게 이 '묻지 마 죽음'은 너무 비현실적인 엔딩처럼 보였다. 농담하는 것 같았다고나 할까. 아무 준비도 안 됐는데 불쑥 튀어나와 넘어지고 주저앉게 만드는 게 인생이라는 것을 짐작하기 전의 일이다.

스스로 생각하기에도 이해할 수 없을 만큼 주눅이 든 채 집으로 돌아와 소파에 누워본 적이 있다. 내일이 오는 게 무섭다, 무섭다, 무섭다, 답도 없는 말만 하염없이 반복하며 내일이 오지 않기를 바라는 때가 있지 않나. 안 좋은 일이 있으면 기어이 최악의 경우를 상상하고 그에 맞춰 세상의 온갖 불안과 공포를 다 내 것으로 만드는 성격 탓일 테다. 그러다보니 습관성 망상도 잦다. 일말의 단서만 있으면 그 단서로 세상에 존재하지 않는 불행을 예상할 수 있다. 더 실망하거나 좌절하고 싶지 않은 마음에서 비롯된 자기방어적 기제일 테지만 이럴 때마다 나는 조금씩 죽어가고 있는 게 아닐까, 괜찮을 때조차 실은 괜찮지 않은 게 아닐까, 내가 안쓰러워지는 순간이 있다.

나의 적은 나라는 말. 이럴 때 보면 더할 수 없이 정확한 통찰이 아닐 수 없다. 나에게는 나에 대한 정보가 너무 많다. 내가 어떤 도전을 앞두고 있을 때 내 안에서는 이런 목소리가 들려온다. '안 될 거야. 잘할 수 없을 거야. 상처받으면 회복할 수 없을지도 몰라. 넘어지면 일어나지 못할지도 몰라.' 내가 나를 너무 많이 알아서 그런 거다. 나를 방해하는 것은 나, 나를 붙잡는 것도 나, 나를 죽이는 것도 나. 체르뱌코프는 자신을 너무 많이 알아서 자신을 너무 강하게 방어하려는 나머지 짓지 않은 죄의식을 느끼고 받지 않을 미움을 받고 듣지 않아도 될 지탄을 받으며 스스로를 죽음으로 몰아넣는다.

소설에는 '어느 날 갑자기'라는 말이 두 번 나온다. 그것도 첫 페이지에서. 엔딩에 이르면 이 느닷없는 죽음은 '어느 날 갑자기'라는 말과 조응하며 인생은 결코 노크하고 들어오지 않는다는 사실을 상기시키는 듯하다. 그러나 정말 그런 걸까. 이 죽음은 예고 없이 찾아온 갑작스러운 죽음에 불과한 걸까. 소설의 주인공이 체르뱌코프라면 소설의 반동인물反動人物: 이야기에서 주인공과 대립해 갈등을 일으키는 인물도 체르뱌코프다. 대머리 장군이 아니라 체르뱌코프 자신이다. 상대방으로부터 용서를 받아내야만 스스로를 긍정할 수 있는 체르뱌코프, 그러니까 이 '작은 인간'의 작은 마음이야말로 자신의 삶에서 스스로를 내쫓아버린 가장 강력한 적인 셈이다. 하여 나는 이 죽음을 가리켜 타살이라고도 자살이라고도 말할 수 없는 형국에 이르러버렸다. 소파 위에서 다시 오지 않을 지금을 후회하고 걱정하는 데에 쓰고 있는 죽음의 마음만이 덩그러니 남아 스스로 소외돼버린 나 자신을 안쓰럽게 바라볼 뿐이다.

오늘의 책 :   세일즈맨의 죽음

지은이 :   아서 밀러

옮긴이 :   강유나

출판사 :   민음사

발행일 :   2009년 8월 31일

오늘의 엔딩 :   상대를 받을 때는 낮고 세게 받아버려야 해.

그게 중요한 거야.

오늘의 노트 :   우리는 모두 세일즈맨이다.

마지막엔 결국 자기 자신을 팔기 때문에.

no. 2

『세일즈맨의 죽음』은 잔잔하고 섬세한 플루트 선율과 함께 막이 오르는 희곡이다. 플루트 선율은 이렇게 묘사된다. "풀밭과 나무와 지평선을 떠올리게 하는 음악이다." 국경의 긴 터널을 빠져나오자 밤의 밑바닥이 하얘졌다는 말로 시작하는『설국』만큼이나 고요하고 서정적인 시작이지만 끝내 이르게 되는 파국에 비추어 보건대 풀밭과 나무 그리고 지평선은 그림같이 아름다운 자연이라기보다 무심하고 냉정한 자연처럼 보인다.

무심한 자연의 법칙 하나. 인간은 늙는다. 냉정한 자연의 법칙 둘. 늙은 인간도 계속해서 일하고 싶어한다. 피곤해 죽을 지경이어도 인간에게는 일을 멈출 수 없는 수만 가지 이유가 있다. 우리의 주인공 윌리 로먼은 한때 누구 못지않게 잘나가는 세일즈맨이었으나 지금은 매주 먼길을 달려 외근을 다니지만 빈손으로 갔다 빈손으로 오기 일쑤인 한물간 예순세 살의 세일즈맨으로 해고 위기에 처해 있다. 자신만만했던 지난날은 거짓말처럼 다 사라졌고 지금 그에게 남은 것은 더는 일할 수 없을지도 모른다는 불안감과 도무지 자신의 기대를 채워주지 못하는 배은망덕한 자식놈뿐이다.

요즘 윌리 로먼에게는 조금 이상한 변화가 생겼다. 그가 운전하는 차가 자꾸 길가로 빠지는 것이다. 얼마 전 외근 길에는 새삼스럽게 창밖의 풍경이 다 보였다. 매주 오가는 길이지만 풍경이 눈에 들어오기는 또 처음이었다. "나무는 무성하고 태양은 따뜻하고. 나는 앞창을 열고 따뜻한 바람에 내 온몸을 맡겼지. 그런데 갑자기 길가로 빠지고 있는 거야! 그게 말이야, 운전하고 있다는 것을 완전히 잊어버린 거였어." 그는 정신을 잃었던 것일까. 과거에는 외근 가는 길이 이토록 아스라하지 않았다. 그때는 도착해야 할 곳이 있었고 도착하면 자신을 기다리는 사람이 있었으며 그 사람에게 팔아야 할 것이 있었다. 무엇보다 기어이 다 팔아치울 수 있다는 자신감도 있었고. 그러나 이제 그에게는 도착할 곳이 없고 자신을 기다려주는 사람도 없으며 팔아야 할 것도 없다. 다 팔 수 있다는 자신감이 없는 건 물론이다. 사실 가진 건 전부 다 팔았다. 솔드 아웃. 언젠가 작가인 아서 밀러는 윌리 로먼이 판 것이 도대체 무엇이냐는 청중의 질문을 받은 적이 있다고 한다. "그는 자기 자신을 팔았습니다."

이 희곡을 읽는 동안에는 유독 내 가족과 나 자신을 많이 떠올렸다. 이 사회에서 우리는 모두 자신을 파는 세일즈맨이다. 화물에 짐을 싣고 나르는 나의 아버지도 세일즈맨이고, 제약회사에서 약을 판매하는 나의 동생도 세일즈맨이다. 출판사 편집부에 앉아 이 글을 쓰고 있는 나의 일도 세일즈이기는 마찬가지다. 우리 모두가 세일즈맨은 아니지만 우리는 부분적으로 모두 세일즈맨이다. 돌아보면 이러한 자기 영업의 역사는 대학에 들어갈 때부터 시작해 지금까지 계속되고 있다. 지금은 나를 판매하기 위해 끊임없이 나를 착취하는 자기 파괴의 시간이 파괴적으로 느껴지지 않을 만큼 나 자신을 구성하는 삶의 조건으로 자리잡았다. 나는 이런 현실이 괴롭기보다 더이상 나를 팔 수 없는 시간이 올까봐 두려운 지경에 이르렀다. 그 시간을 가능한 한 늦추기 위해서 어떻게 해야 할지 생각하는 내가 꼭 윌리 로먼 같아서 안쓰러울 때도 있고, 그때가 오면 선택당하는 것이 아니라 스스로 선택할 수 있기를 바라는 마음으로 현재의 자신을 착취하는 것이 괴로울 때도 있다. 그러나 출구는 없다. 우리는 세일즈맨의 후예다.

끝을 향해 가고 있는 윌리 로먼의 인생이 진짜 끝나기까지를 다루는 이 소설은 신문 지면의 사건사고란에서나 볼 수 있을 법한 극단적이고 비극적인 선택으로 끝을 맺는다. "상대를 받을 때는 낮고 세게 받아버려야 해." 몰락하고 타락한 인생을 사는 아들의 마지막 재기를 도와주기 위해 돈을 마련하고 싶어하는 윌리 로먼은 자동차 사고 속에 자신을 밀어넣어 보험금을 받아내고자 한다. 그가 자신을 희생해가면서까지 도우려 하는 아들은 평생 윌리 로먼의 기대를 보기 좋게 배반하며 살아왔다. 얼마 전에는 도벽으로 인해 감방에 들어갔다 나오기까지 했다.

그런 아들에게 그는 세상을 들이받을 때 잊지 말아야 할 것을 단단히 알려주며 정작 그 자신이 세상을 들이받는다. 그가 낮고 세게 들이받은 상대는 누구일까. 젊은 시절 그가 판 것을 사 갔으나 이제는 팔 게 없는 그를 거들떠보지 않는 세상일까. 그는 이토록 이해타산적인 세상에 자신의 모든 것을 팔아넘긴다. 마지막으로 그가 판 것은 자신의 목숨이다. 가진 것이 아무것도 없을 때 평생의 세일즈 경력으로 기어이 자기 죽음을 판매한 세일즈맨의 최후!

일찍이 윌리 로먼low man은 낮은 사람이었다. 그의 이름에는 운명처럼 숙명처럼 '낮음'이 각인돼 있다. 이 '낮은 사람'이 남긴 마지막 말이 낮고 세게 들이받아야 한다는 말이라는 사실은 너무 슬프다. 낮은 사람으로 태어나 낮은 사람으로 자멸한 이 서글픈 엔딩을 나는 로먼의 플루트라 부르고 싶다. 저음역, 중음역, 고음역으로 나뉜 플루트의 음역 중 고음역은 특히 소리를 내기가 어렵다고 한다. 올라가고 싶었지만 끝내 자신의 음역을 벗어나지 못한 로먼의 인생은 일생일대 높은 곳을 지향했으나 낮은 곳에서 시작해 낮은 곳에서 끝났다. 잔잔하고 섬세한 플루트 선율과 함께 막이 올랐던 이야기는 음을 이탈하는 로먼의 비극으로 끝난다. 그가 남긴 돈으로 아들은 어떤 삶을 살게 될까. 그가 판 목숨의 대가는 무엇일까. 우리가 팔아온 것을 새삼 돌아보게 하는 엔딩이다.

오늘의 책 :	카타리나 블룸의 잃어버린 명예
지은이 :	하인리히 빌
옮긴이 :	김연수
출판사 :	민음사
발행일 :	2008년 5월 30일
오늘의 엔딩 :	그가 섹스나 한탕 하자고 해서,
	나는 총으로 탕탕 쏴 주었습니다.
오늘의 노트 :	거짓의 언어 속에서 몰락해가지만
	진실의 언어로 자신을 지킨 사람.

no. 3

끝내 사람을 죽인 그녀는 후회도 유감도 없다고 했다. 소설 최후의 장면이라 할 부분에서 우리의 주인공 카타리나 블룸은 어떤 감정적 동요도 보이지 않고 무심하게 말한다. 섹스나 한탕 하자고 해서 총으로 탕탕 쏴 죽였다고. 담담하게, 그러나 진실을 담아. 스물일곱 살의 평범한 여성에게 무슨 일이 있었던 걸까. 도대체 어떤 가혹한 일이 있었기에 제 발로 경찰을 찾아가 그를, 그러니까 한 일간지 기자를 총으로 쏘아 죽였다고 자백한 걸까.

때는 바야흐로 1974년 2월 24일 일요일. 소설의 시계는 지금으로부터 48년 전으로 돌아간다. 카타리나 블룸에 대한 소개부터 해야겠다. 어려운 환경에서 자라 가정관리사로 일하고 있는 그녀는 자신이 하는 일에 자부심을 느낄 줄 아는 현명한 사람으로, 성실하고 진실한 태도가 몸에 배어 있어 주변 사람 모두가 좋아하는 부류에 속한다. 소설은 그런 여성이 살인을 감행하기까지 5일 동안의 행적을 재구성하는데, 그 보고서의 기반이 되는 것은 경찰의 심문 조서와

검사 및 변호사로부터 얻은 정보를 비롯해 참고인 진술 등이다. 이른바 '카타리나 블룸 살인사건'에 대한 보고서는 대중의 호기심을 자극하는 선정적이고 자극적인 언론 보도가 어떻게 한 인간의 명예와 인생을 뿌리째 파괴할 수 있는지, 그 잔인한 폭력에 대한 보고서이기도 하다. 그러니 앞서 사용한 카타리나 블룸 살인사건이란 명칭은 이렇게 수정하는 게 적절하겠다. 카타리나 블룸의 잃어버린 명예에 관한 보고서.

그녀의 삶을 광풍 속으로 몰고 간 사건이 일어나기 전인 2월 20일 수요일. 카타리나 블룸은 한 댄스파티에서 괴텐이라는 남자를 만나 함께 밤을 보낸다. 그리고 그 이튿날 경찰이 그녀 집에 들이닥치고 가택 수색을 벌이는데, 급기야 그녀가 연행되는 사태에까지 이른다. 괴텐은 은행 강도에 살인 혐의까지 있는 위험한 사람으로, 그동안 줄곧 언론과 경찰에 쫓기고 있었던 것이다. 괴텐이란 남자의 사건에 연루된 혐의로 카타리나가 현재 경찰 조사를 받고 있으며 묵비권을 행사하고 있다는 사실이 언론에 보도되면서 그녀는 세간의 호기심을 자극하는 먹잇감이 된다. 먹잇감을 노리는 사냥꾼 중에는 특종을 찾아 헤매는 일간지 기자 퇴트게스도 있다. 그녀가 어떻게 살아왔는지, 어떤 사람을 만나왔고 그들로부터 어떤 평가를 받고 있으며 그러한 평가를 받기 위해 어떤 노력을 얼마나 기울이고 있는지, 말하자면 그녀의 존재와는 상관없이 그녀는 기자의 추측에 따라 '살인범의 정부'가 되었다가 '테러리스트의 공조자'가 되었다가 '음탕한 공산주의자'

가 된다. 그녀의 삶은 서서히 질식해간다.

카타리나 블룸의 목을 조르는 사람은 누구일까. 특종에 눈먼 기자와 그의 기사를 재생산하는 사람, 그러니까 그들은 누구일까. 이렇게 적어놓고 망연해지는 까닭은 카타리나 블룸의 인생을 압도한 광기 어린 대중으로부터 나를 떼어놓을 알리바이가 없다는 데 생각이 미쳤기 때문이다. 2019년 악플과 악플의 플랫폼을 자처하는 선정적이고 자극적인 뉴스로 인해 괴로움을 호소하던 여성 연예인 두 명이 스스로 목숨을 끊었다. 이 참혹한 죽음을 앞에 두고 카타리나 블룸의 엔딩을 떠올리지 않기란 불가능했다. 자신의 삶을 소재 삼아 제멋대로 '소설'을 써대던 기자를 향해 권총을 발사했던 카타리나 블룸이지만, 그 선택에 자신의 죽음 또한 포함되어 있음은 물론이었다. 그리고 48년. 결코 짧지 않은 시간, 우리 사회는 카타리나 블룸을 막다른 선택 앞으로 몰고 간 시간으로부터 한 발짝도 더 앞으로 나가지 못했다. 오히려 뒷걸음질치고 있다는 생각이 들 때도 있다.

그러나 나는 이 비극적인 마지막을 결코 패배의 엔딩으로 기억하지 않는다. 자백의 언어로 끝나는 소설의 엔딩은 줄곧 주인공이 세상에 맞서왔던 하나의 방법이기도 했다. 그녀는 끝까지 진실의 언어를 포기하지 않았다. 세상 사람이 환호했던 거짓의 언어가 카타리나 블룸의 인생을 훼손했지만 끝까지 타협하지 않음으로써 그녀가 지켜온 진실의 언어는 살아남았다. 보고서가 그 증거다.

소설에는 부제가 있다. '폭력은 어떻게 발생하고 어떤 결과를 가져

올 수 있는가'. 이 결과는 폭력의 결과이지 다른 무엇, 그러니까 사람의 입에서 입으로 전해졌던 그런 소문의 결과는 아니다. 내 안에 뿌리내리려고 하는 퇴트게스의 흔적을 없애기 위해 『카타리나 블룸의 잃어버린 명예』를, 이 결백한 마지막을 다시 읽는 마음이 못내 무겁다.

오늘의 책 :	연인
지은이 :	마르그리트 뒤라스
옮긴이 :	김인환
출판사 :	민음사
발행일 :	2007년 4월 30일
오늘의 엔딩 :	그의 사랑은 예전과 똑같다고.
	그는 아직도 그녀를 사랑하고 있으며,
	결코 이 사랑을 멈출 수 없을 거라고.
	죽는 순간까지 그녀만을 사랑할 거라고.
오늘의 노트 :	오늘도 묻는 말. 그건 사랑이었을까.

no. 4

마지막 문장에 이르면 나는 어김없이 상상한다. 고백을 듣고 있는 여자의 표정은 어떨까. 사실을 말하자면 소설을 읽지 않을 때조차 문득 궁금해진다. 이토록 흘러넘치는, 주체하지 못해 밖으로 터져나오는 애절한 고백을 듣고 있을 때, 모르긴 해도 그다지 감동한 얼굴은 아닐 것 같다. 놀라거나 쑥스러워하는 표정도 어울리지 않기는 마찬가지다. 어떤 것도 읽어낼 수 없는 모호하고 무심한, 멀고 아득한 표정이라면 모를까. 멀고 아득하며 모호하고 무심한 표정은 그녀에게 운명처럼 드리운 그늘이었다.

그러나 그늘이 어두울 거라고만 생각하면 안 된다. 그녀에게 그와 함께했던 시간은 빛을 잃은 어둠의 시절인 동시에 생애 어느 때보다 강렬하게 욕망의 빛을 좇았던 시절이었고, 퇴폐적으로 자신을 방치했던 시기였지만 평생 변하지 않는 사랑이 시작된 시절이기도 했던 것이다. 『연인』은 열다섯 살 프랑스 소녀가 스물일곱 살 중국인 부호와 '부적절한 관계'를 맺으며 규정할 수 없는 감정을 나누는 이야기다. 그리고 그것만이 전부는 아니다.

그녀는 증오와 경멸, 혐오와 애증 같은, 자신이 삼켜버리지 않으면 자신을 삼켜버릴 감정으로부터 스스로를 보호해야만 했다. 광기 어린 엄마와 그런 엄마가 무조건 사랑을 쏟아붓는 큰오빠, 엄마의 관심과 애정을 보란듯이 배반하며 마약에 찌들어 사는 큰오빠와 언제나 무언가를 두려워하고 있는 유약한 작은오빠. 그들 사이에서 '나'는 작은오빠와 한편이 되어 엄마와 큰오빠를 증오하는가 하면 사랑하는 엄마를 죽여버리고 싶은 불가해한 충동에 빠지기도 한다.

중국인 남자는 모호하기만 한 그녀의 인생에 나타난 유일하게 명쾌한 세계다. 그는 그녀를 원한다. 강렬하게 그녀를 원한다. 사람들 눈에는 석연치 않아 보이는 부적절한 관계일지 모르지만 '나'에게 남자는 불안정하고 불가피한 불행으로부터 잠깐이라도 벗어날 수 있는 대피소인 것이다.

두 사람은 서로에게 지독하게 탐닉한다. 생의 감각을 느낄 수 없는 고목 같은 삶이지만 서로의 살결과 서로의 반응 속에 있을 때만은 살아 있다는 감각을 느낄 수 있었을 것이다. 두 사람 모두 말이다. 습관처럼 '내 생生에는 역사가 없다'고 말하는 주인공은 그 시절을 마치 남의 이야기하듯 거리감 있게 서술하지만 그와 나눈 감각을 기억하고 묘사할 때만큼은 좀체 거리감이 느껴지지 않는다. 그건 정말 그와 그녀의 이야기이기 때문이다.

사랑은 상대방에게 종속되는 것이다. 서로를 붙잡고 붙들어주는 것. 가족 안에서 뿌리 뽑히기 직전의 상태로 불안하게 겉돌기만 하던 '나'에게 중국인 남성과의 관계는 유일하게 겉돌지 않는 세계와의 조우였을 것이다. 두 사람이 각각 프랑스인과 중국인이고, 이들이 지금 베트남에 살고 있다는 배경을 떠올리면 이들의 부유하는 감각은 조금 더 설득력을 지닌다.

소설의 배경은 베트남이다. '나'는 베트남이 프랑스 식민지일 때 베트남에서 태어나 성장한 프랑스인이다. 아버지는 건강상의 이유 때문에 프랑스로 송환되었고 그곳에서 몇 주일 묵고 나서 1년도 못 가 사망한다. 어머니는 아버지를 따라 프랑스에 가는 것을 거부하고 살던 곳에 눌러앉았다. 메콩강변에 있는 호화로운 저택이 네 식구의 호화로운 삶까지 보장해주는 것은 아니었다. 그러나 뿌리내려본 적 없는 나무는 끝내 완전한 결합을 거부한다. 그녀는 남자에게 자신을 특별하게 대하지 말아달라고 부탁한다. 관계는 계속되지 못한다.

거친 얼굴 피부, 깊숙이 팬 주름살, 윤곽은 남아 있으나 윤곽을 이루는 물질은 모두 망가져버린 얼굴…… 늙어가는 몸에 대한 여자의 진술로 시작된 이야기는 늙지 않은 사랑에 대한 남자의 고백으로 끝난다. 남자는 자신의 사랑이 그녀가 열다섯 살이던 시절의 사랑과 동일하다고, 내 사랑엔 변함이 없다고, 지금까지 그랬던 것처럼 앞으로도 영원히 그럴 거라고 말한다.

그건 사랑이었을까. 사랑은 상대방에게 종속되는 일일 뿐만 아니라 종속이라는 치우침 안에서 안정감을 느끼는 것. 그러니까 사랑은 무엇보다 포함되는 것이다. 생의 감각을 느끼게 해주는 단단하고 확실한 세계를 향해 자발적으로 '타락'한 '나'의 일탈은 '부적절한 로맨스'를 어떤 성장담보다 더 용기 있는 모험담으로 읽게 한다. 그러나 어린 그녀는 포함되는 것이 사랑이라는 데 동의할 수 없었을 것이다. '그 시절' 내가, 또 당신이 그러했듯이.

오늘의 책 :	이방인
지은이 :	알베르 카뮈
옮긴이 :	김화영
출판사 :	민음사
발행일 :	2019년 9월 2일
오늘의 엔딩 :	나는 전에도 행복했고, 지금도 여전히 행복하다고 느꼈다.
오늘의 노트 :	행복은 자신에 대한 확신이다.

no. 5

누구나 거짓말을 한다. 거짓말은 종종 유용하다. 일단 적은 비용으로 눈앞의 위기를 모면할 수 있다. 복잡해질 수 있는 상황을 몇 마디 말로 간단하게 정리할 수 있으니 얼마나 경제적인 방법인가. 이때 적은 비용이란 자기 마음의 소리를 뜻한다. 흔히 진실이나 진심이라 말하는 것들인데, 자신만 보증할 수 있다는 점에서 그리 존재감 있는 위험 요소는 아니다. 거짓말을 위해 지불해야 하는 비용이 진실이라는 것은 외려 거짓말의 유용함을 뒷받침한다. 누군가의 도움 없이 혼자 도모할 수 있다는 말인즉 자기 자신만 따돌리면 누구도 이 거짓을 의심하고 추적하지 않기 때문이다. 경제적일 뿐만 아니라 자유롭기까지 한 삶의 기술이라니, 이 유혹을 도대체 누가 거부할 수 있단 말인가.

당연히 나도 거짓말을 한다. 그것도 자주. 작가가 보내온 원고를 읽고 느낀 것 이상의 감정을 표현할 때도 있고 더러는 느끼지 않은 것을 느꼈다고 말하는 경우도 있다. 슬프지 않으면서 꽤 슬프다고 말하거나 좋아 죽겠으면서 그다지 좋지 않다고 말하기도 한다. 그건 그냥 관습이자 규칙 같은 거다. 의문을 품는 순간 모두가 피곤해지는, 그리하여 누구도 진의를 궁금해하지 않는. 진실에 대해 우리가 알고 있는 것이 있다면 그것을 말하는 데에는 대가가 따른다는 것이다. 거짓말을 통해 숨겨지는 진실의 대부분은 불편한 진실이다. 지불해야 할 대가로부터 자신을 보호하고 싶은 마음에는 예외가 있을 수 없다. 누구도 그 선택을 비난할 수 없고 누구도 타인에게 진실을 말하라고 강요할 수 없다. 불행이라면, 인간 몸의 모든 근육이 그렇듯 진실을 말하기 위해 대가를 감내하는 용기 또한 쓰지 않으면 퇴화한다는 것이다. 어느 순간부터 나도 진실을 말하지 '않는' 것이 아니라 말하지 '못하고' 있음을 깨닫는다. 퇴화한 것이다. 진실하지 않은 인간의 최후는 어떻게 되는 걸까. 그것은 별로 진실하지 못한 나 자신의 최후에 대한 궁금증이기도 하다.

『이방인』은 진실한 인간의 최후에 대한 소설이다. 뫼르소는 필요 이상으로 진실한 인간이고 사실은 진실밖에 없는 인간이기도 하다. 엔딩은 사형수가 된 뫼르소가 최후의 진심을 전하는 장면인데, 사형수의 그것이라기엔 지나치게 긍정적이어서 우리를 조금 당황시킨다. 이토록 긍정적인 표현들이 진짜인지 아닌지 의심할 필요는 없다. 말했듯이 그는 거짓을 말하지 않는 사람이니까. 진실한 그가 왜 사형수가 되었냐면, 살인을 저질렀기 때문이다. 하지만 그에 대한 재판은 엄마의 죽음 이후 뫼르소가 보인 행동이 부모의 죽음을 애도하는 자식의 태도에서 한참 벗어나 있었다는 데에 더 초점이 맞춰진다. 그가 유죄임을 논증하는 자리에서 그는 여러 차례 거짓말을 할 것을 요구받는다. 거짓을 말하면 그의 죄는 감형될 수 있지만 사실을 말하면 그의 죄는 가중된다. 그가 사는 곳은 진실을 거부하는 뻔한 거짓말의 세계이기 때문이다. 사람들이 듣고 싶어하는 건 뻔한 거짓말이지 불편한 진실이 아니다.

대개의 소설에서 주인공은 변한다. 한 인물이 자신이 욕망하는 것을 추구하기 위해 장애물을 극복해나가는 과정에서 발생하는 변화, 그것을 우리는 성장이라고 한다. 뫼르소는 변하지 않는다. 그것이 엄마의 죽음에 관해서라 해도. 엄마가 죽었다는 소식을 듣는 데서 시작한 이야기는 자신이 죽을 거라는 소식을 듣기까지의 시간 안에서 이뤄진다. 그사이 여러 사건이 일어나고 그에게도 변할 수 있는 선택지가 주어지지만 뫼르소는 어떤 상황에서도 거짓을 말하지 않음으로써 세상과 화해하지 않고 자신도 변하지 않는다. 그는 세계의 질서를 부정한다. 세계를 부정하는 그는 차라리 이렇게 말한다. "아무도 엄마의 죽음을 슬퍼할 권리는 없"다고. 오로지 자기가 느끼고 생각한 것만을 말하는 자기 실존의 영웅, 거짓에 저항한 뫼르소는 그가 속한 세상에서 이방인임이 틀림없지만 자기 삶에서는 끝내 이방인이 아니었다.

이 소설의 엔딩은 거짓말을 못하는 자가 죽음을 선고받는다는 데에 있지 않다. 죽음을 선고받고도 사라지지 않은 그의 행복에 있다.

마지막 대목에서는 '행복'이 두 번이나 강조된다. 이때 행복이란 말의 의미는 자기 삶에서 이방인이 되지 않은 자가 삶의 중심에서 느끼는 삶과의 일체감일 것이다. '다정한 무관심의 세계'는 상식이라는 이름의 표준화로 서로 다른 사람을 억지스럽게 맞추는, 폭력적인 관심의 세계와 반대된다. "나를 보면 맨주먹뿐인 것 같겠지. 그러나 내겐 나 자신에 대한, 모든 것에 대한 확신이 있어."

진심은 적은 비용이 아니다. 그 적은 비용을 외면하는 인간에게는 결코 자신에 대한 확신이 주어지지 않는다. 행복은 자신에 대한 확신이다. 외부와 단절되었지만 자신과는 단절되지 않았던 뫼르소는 맨주먹 안에 확신을 쥐고 있는 사람이다. 그의 죽음은 사회에 적응하지 못한 어느 이방인의 죽음으로 기록될 것이나, 우리는 이 결말을 한 인간을 장악하려 했던 거짓의 죽음으로 기억할 것이다.

오늘의 책 :	등대로
지은이 :	버지니아 울프
옮긴이 :	이미애
출판사 :	민음사
발행일 :	2014년 2월 7일

오늘의 엔딩 : 그녀는 극도의 피로감이 몰려오는 가운데

붓을 내려놓으며 생각했다.

이제 그것을 보았어.

오늘의 노트 : 내일의 사실이 오늘의 희망을

차단할 수는 없다.

삶은 여기에 정지해 있기 때문이다.

no. 6

엔딩 장면을 수집하는 방식의 글을 연재하기로 마음먹었을 때 솔직히 나는 이렇게 많은 작품이 죽음으로 끝날 거라곤 상상도 못했다. 요즘은 글감으로 적당한 도서를 찾을 때 가장 먼저 마지막 장면에 누가 죽는지부터 확인한다. 끝과 죽음이 맞닿아 있는 것이야 의심할 수 없는 사실이라 해도 '엔딩'이 문자 그대로 '엔딩'으로 끝나버리는 상황은 곤란한데…… 이 길로 쭉 가면 나올 거라고 했던 근사하고 아름다운 건물이 걸어도 걸어도 나오지 않을 때 엄습하는 불안감이 이런 기분일까. 모르는 도시를 찾은 관광객처럼 막막하고 성급해진 마음에는 소설이란 원래가 인생에 대한 비유이므로 인생의 경로를 닮을 수밖에 없다는 말 따위, 위로가 되지 않는다. 모두 다 죽음이지만 다 같은 죽음은 아니라는 말도 귀에 안 들어오기는 마찬가지다.

누구에게나 경전처럼 받드는 소설이 있다. 위기에 처할 때마다 돌아오게 되는 소설 말이다. 내게는 버지니아 울프의 『등대로』가 그런 작품이다. 1년에 한 번쯤은 『등대로』를 읽는다. 대체로 이렇게 한 해가 시작될 무렵, 어디에 닻을 내려야 할지 알 수 없는 몸이 기우뚱거리고 망망대해에 홀로 떠 있는 것처럼 부박하게 흔들릴 때, 마음이 좌표를 잃은 듯 캄캄하기만 할 때, 울프의 삶에 중요한 반환점이었던 이 작품을 읽으면 장막 하나쯤 벗길 수 있다. 쏟아지는 생각 사이를 떠다니다보면 중요한 것은 내가 문제 삼은 바깥의 상황이 아니라 문제 삼고 있는 나 자신의 혼돈이라는 데 생각이 미친다. 『등대로』에 한해서라면 나 자신을 만나기 위해 책을 읽는다고 말할 수 있다. 그렇다고 해서 뒤엉킨 실타래가 풀리는 기분이냐 하면, 그런 말끔한 기분이 주어지는 건 아니다. 작품의 끝에서 자꾸만 마주하게 되는 죽음의 반복이 문제가 아니라 거듭되는 죽음 앞에서 실은 죽음을 외면하고 싶어하는 나 자신이 문제였다는 사실을 발견하는 것. 죽음과 나의 간극이, 거리가, 조금 조정되는 정도다.

피하려고 들어온 곳이 적진 한가운데라더니. 죽음으로 끝나지 않는다는 이유로 집어든 책에 가장 많이 등장하는 문장이 공교롭게도 죽음에 대한 것이다. 소설에서도 후렴구를 볼 수 있는데, 『등대로』의 후렴구는 이것이다. "우리는 각자 홀로 죽어갔지." 등장하는 인물은 저마다 처한 상황에서 자기만의 언어로 이 문장을 읊조린다. 사실 『등대로』야말로 죽음에 대한 책이고, 죽음에 대한 책이라면 제일 먼저 『등대로』를 떠올려야 한다. 그러나 소멸이란 말이 빚어내는 정신의 풍경이라고 해도 좋을 이 소설의 끝은 죽음이 아니다. 죽음이라는 무지와 두려움의 영역에 대한 끝없는 사색의 결과는 오히려 확신이다. 극중 화가인 릴리 브리스코는 캔버스 가운데에 선을 긋는다. 20세기 가장 확신에 찬 선이 캔버스 위에 탄생하는 순간이다. 나는 이 확신에 찬 선을 만나기 위해『등대로』를 읽고 또 읽는다.

이때의 확신은 자만과 다르다.『등대로』는 등대로 가고 싶어하는 아이의 기대 반 걱정 반 섞인 마음에서 시작해 10여 년이 흘러 마침내 등대로 가는 데에서 끝난다. 등대로 갈 수 있는지 궁금해하는 아이에게 답하는 부모의 반응은 대립적이다. 아버지는 날씨가 안 좋아 갈 수 없을 거라고 단정한다. '팩트'를 신봉하는 그는 사사건건 확신하며 미래로 연장되는 마음을, 그러니까 기대나 기적의 가능성을 차단한다. 안 될 거라는 아버지의 말이 어린 마음에 새겼을 상처의 무늬를 상상하기란 어렵지 않다. 하지만 반대편에 어머니 램지 부인이 있다. "그래, 물론이지. 내일 날이 맑으면 말이야." 등대에 갈 수 있겠냐고 물어보는 아들에게 램지 부인의 말은 내일을 꿈꿀 수 있게 해준다. 물론 내일은 비가 올지도 모른다. 비가 오면 등대에 갈 수 없을 것이다. 그러나 내일의 사실이 오늘의 희망을 차단할 수는 없다. 삶은 여기에 정지해 있기 때문이다. 이건 내가 한 말이 아니고 소설에 등장하는 램지 부인의 말이다. 내가 좋아하는 램지 부인의 확신. 지금 이 순간을 영원으로 만드는 확신.

『등대로』는 버지니아 울프가 마흔다섯 살에 완성한 소설이다. 이 작품을 쓰기 전까지 버지니아 울프는 항상 부모님에 대해 생각했는데, 그녀에게 부모란 그리움을 동반하는 서정이 아니라 통증이 수반

되는 공포의 대상이었다.『등대로』를 쓰고 나서는 더이상 어머니의 목소리도 들리지 않고 모습도 보이지 않았다고 한다. 부모에 대한 강박에서 벗어나 자기만의 확신을 찾았기 때문일 거라 믿는다. 마음속에 떠오르는 경계 없는 생각이야말로 우리가 파악할 수 있는 최선의 리얼리티라고 여겼던 모더니즘의 기수는 "희미하고 실체가 없었지만 놀랍게도 순수하고 자극적"인 것들을 향해 말한다. "이제 그것을 보았어."『등대로』의 엔딩은 세상의 모호한 것들을 향해 보내는 버지니아 울프의 확신이다. 길 잃은 관광객의 마음에 다시 확신이 차오른다.

오늘의 책 :	페스트
지은이 :	알베르 카뮈
옮긴이 :	김화영
출판사 :	민음사
발행일 :	2011년 3월 25일
오늘의 엔딩 :	그는 이 연대기가 결정적인 승리의 기록일 수는 없다는 것을 알고 있었다.
오늘의 노트 :	어휘의 문제와 시간의 문제

신종 코로나 바이러스 감염증(코로나19)의 확산으로 고통스러운 시간을 보내고 있는 중국인 사이에서 〈체르노빌〉이 화제라고 들었다. 인류 최악의 인재로 기록된 구소련 체르노빌 원자력발전소 사태를 재구성한 드라마인 〈체르노빌〉은 2019년 미국에서 방영돼 호평받았고 국내에서는 동영상 스트리밍 플랫폼에서 서비스하고 있다. 사건과 관련된 인물을 최대한 넓은 범위로 조명하며 실체적 진실에 다가가려 노력하는 이 작품이 가장 많은 시간을 할애하는 내용은 폭발의 성격을 규정하기까지의 지난한 과정이다. 관리들은 '본능적으로' 사건을 축소하고 진상을 은폐하려 든다. 정부가 폭발의 실체를 외면하고 방사능 피해 사실을 부정하는 동안 시민들이 죽음의 위협에 노출되는 시간은 늘어나고 사고는 걷잡을 수 없는 재난으로 악화된다. 어느 날 코로나19 확산을 경고했던 의사 리원량이 바이러스에 감염돼 사망했다는 소식이 알려졌다. 그는 중국 우한에 새로운 바이러스가 퍼지고 있다는 것을 알린 여덟 명의 의사 중 한 명으로, 괴담

유포자로 몰려 경찰의 처벌을 받은 것으로 전해진다. 축소, 은폐, 커지는 죽음의 그림자. 중국인이 왜 〈체르노빌〉을 보며 자국 정부를 비판하는지 짐작하는 건 조금도 어려운 일이 아니다.

우한 지역에서 시작된 코로나19의 위협이 한국까지 확산되면서 한국의 독자들 사이에서도 다시 주목받은 소설이 있다. 알베르 카뮈의 『페스트』다. 줄거리는 간단하다. 알제리 항구도시 오랑에 쥐가 페스트를 몰고 온다. 정부는 오랑을 페스트 재해지구로 선포하고 도시를 전면 봉쇄한다. 외부 세계로부터 철저히 단절된 채 죽음과 투쟁하는 인간들. 소설은 페스트 봉쇄령이 내려진 오랑에서 수개월 동안 벌어지는 일들에 대한 기록이다. 그런데 중국과 한국에서 주목받고 있는 두 작품 사이에는 공통점이 있다. 1947년에 출간된 『페스트』에서 가장 치열하게 다뤄지는 갈등 상황이 1986년에 터진 체르노빌 사건을 재구성한 드라마에서도 핵심적인 갈등으로 드러나더니 2020년 코로나19 국면에서도 복사한 것처럼 똑같이 재현된다는 점이다. 예컨대 책임자들은 상황을 인지했을 때 사건의 실체를 일단 부정한다. 더는 부정할 수 없는 상황에 이르면 마지못해 시인하는데, 그 사실을 대중에게 공표하는 것만은 한사코 거부한다. 그러나 어느 조직에서나 있기 마련인 '반항아'들로 인해 사건의 실체가 알려지고 끝날 것 같지 않던 지옥의 시간은 선량한 시민들의 헌신과 도움으로 회복세에 접어든다. 재난 서사의 흔한 플롯이다.

『페스트』도 언뜻 그런 구조를 따르는 것처럼 보인다. 어느 날 갑자기 찾아온 페스트는 어느 날 홀연히 사라진다. 페스트라는 공공의 적은 소멸했고 공포와 불안에 휩싸여 있던 도시는 다시 환희에 차올라 내일에 대한 기대감을 노래하고 있으니 이를 두고 행복한 결말이 아니라고 말할 이유는 하나도 없겠다. 그러나 작가는 진범을 잡지 못한 공포 영화나 다음 시즌을 예고하는 드라마의 마지막 장면처럼 모종의 찜찜함을 남겨둔 채 막을 내린다. "인간에게는 경멸해야 할 것보다는 찬양해야 할 것이 더 많다는 사실"을 말해두기 위해 고통의 시간을 기록하기로 결정한 의사 리외가 끝내 페스트에 굴복하지 않고 도시를 지켜낸 '위대한 시간'을 승리의 서사로 갈음하지 않은 이유는 뭘까. 마음대로 왔다가 마음대로 사라진 페스트가 과연 무엇이었는지 우리는 아직 모르고 아마 영원히 모를 것이기 때문이다. 다만 알 수 있는 것은 페스트를 극복하기 위한 인간의 행동양식뿐이다. 소설의 인물들은 크게 세 가지 방식으로 페스트에 대항한다. 파늘루 신부처럼 초월적 신념으로 극복한다는 명목으로 사실상 체념하는 경우, 보건위원회 직원처럼 행정적 관념으로 판단을 유예함으로써 사실상 책임을 회피하는 경우, 리외처럼 종교적 신념도 행정적 관념도 부정하고 구체적 실천만을 따름으로써 반항하는 경우. 요컨대 체념과 도피 그리고 반항.

"솔직하게 당신 생각을 말해주시오. 당신은 이것이 페스트라고 확신하십니까?" 사태가 페스트임을 확증할 수 있냐는 보건 당국의 질문에 대한 리외의 대답은 정확히 반항자의 그것이다. "질문을 잘못하셨습니다. 이건 어휘 문제가 아니고 시간 문제입니다." 무고한 사람이 목숨을 잃는 이야기는 어떤 안전한 결말에도 불구하고 승리의 역사가 될 수 없다. 그러나 사태를 해결하기 위해 개인의 고독과 고통만을 판단 근거로 삼았던 인간들의 반항적 선택을 기억하는 한 이 이야기는 끝내 패배의 역사도 아니다. 페스트는 죽거나 소멸하지 않는다. 그것은 인간이 망각 속을 헤맬 때 불행과 교훈을 주기 위해 잠든 쥐를 깨워 다시 도시로 보낼 것이다. 하지만 페스트에 맞선 인간들의 우정과 사랑을 인식하고 기억하는 한 이 비극의 종언 상태는 계속될 수 있다. 끝났지만 아주 끝난 건 아닌, 잠정적이고 일시적인 엔딩은 영원한 고통도 영원한 행복도 없다는 불변의 교훈을 일러준다.

오늘의 책 : 클링조어의 마지막 여름

지은이 : 헤르만 헤세

옮긴이 : 황승환

출판사 : 민음사

발행일 : 2009년 11월 20일

오늘의 엔딩 : 그는 베로날을 먹고 하루 밤낮 동안 꼬박

잠에 빠졌다. 그런 다음에야 그는 세수를 하고,

면도도 하고, 새 속옷가지와 옷을 걸치고

시내로 가서 지나에게 선물할

과일과 담배를 샀다.

오늘의 노트 : 바보 같은 '연속' 대신

들끓어오르는 '동시성'으로 계속 열리는 끝.

no. 8

누군가 내게 좋아하는 작가가 있냐고 물을 때 한 번도 헤르만 헤세라고 답한 적이 없다. 고비에 봉착할 때마다 헤세의 작품을 읽으며 결정적인 통찰을 얻었고 그로부터 사람에게서는 받을 수 없는 진실한 위로를 받았으면서도 헤세를 가장 좋아하는 작가라고 말하지 않는 건 사실 좀 이상한 일인 것 같다. 모두가 좋아하지만 누구도 '가장' 좋아하지 않는 작가, 이른바 '국민작가'나 '대문호'의 비애일 테다. 헤세의 존재를 알게 된 건 중학교 2학년, 그러니까 열다섯 살에 『수레바퀴 아래서』를 읽으면서부터였다. 이 소설을 읽고 나서 그전에 알았던 세계는 산산조각난 거나 다름없게 됐다. 불쌍한 한스. 가여운 한스. 착한 아들이자 흠잡을 데 없는 모범생이었던 한스는 누가 봐도 전도유망한 소년이었으나 예외를 허락하지 않는 규율과 영혼을 잠식하는 통제 안에서 점점 불행해지더니 내내 달고 살던 두통과 함께 나락으로 떨어진다. 한스에게 이입해서 소설을 읽던 내가 그의 죽음이라는, 불행하고 허무한 결말 앞에서 경험했던 당황스러움은 말 그대로 형용이 불가하다. 한스의 삶이 당시 나의 삶과 별반 다를 게 없었기 때문에 더 그랬을 것이다. 어쨌거나 정답을 많이 맞히는 모범생으로 살면 인생이란 시험에서도 거뜬히 통과할 수 있을 거라고 여겼던 내 신념은 한스의 삶을 목격한 이후 더는 유효하지 않은 가짜가 됐다. 수레바퀴 아래 깔리지 않으려면 수레바퀴 밖으로 나가야 한다고 말해주는 어른은 한 사람도 없었다. 내게는 헤세만이 어른이었다.

내 바닥과 마주하기 위해 『싯다르타』를 읽었던 걸까. 스물다섯 살에 『싯다르타』를 읽으며 엉엉 울었던 기억을 지금도 잊을 수 없다. 취업 시장에서 '내가 이 일에 더 적합한 이유' 따위, 말 같지도 않은 소리를 늘어놓으며(내가 하게 될 일의 본질이 뭔지도 모르면서 내가 더 잘할 수 있다고 설득하는 것 자체가 이미 거대한 모순이다) 타인을 속이고 자신마저 속일 때 『싯다르타』의 문장을 읽으며 내 진짜 얼굴을 잊지 않고 마주할 수 있었던 건 내 생을 통틀어 가장 행운 가득한 경험이다. "나는 바로 자아로부터 빠져나오려 하였던 것이며, 바로 그 자아를 나는 극복하고자 하였던 것이다. 그러나 나는 그것을 극복할 수 없었고, 그것을 단지 기만할 수 있었을 뿐이고, 그것으로부터 단지 도망칠 수 있었을 뿐이며, 그것에 맞서지 못하고 단지 몸을 숨길 수 있을 따름이었다." 다들 그렇게 사는데 너만 유난 떨지 말라고, 어차피 면접관들도 네가 하는 말이 진실일 거라고 생각하지 않는다고 말하는 사람들 사이에서 헤세만은 스스로를 기만하는 자신을 관찰하라고 조언

해주는 어른이었다.

그리고 지금. 삼십대 중반의 내 손에 『클링조어의 마지막 여름』이 들려 있다. 고흐의 마지막 순간을 연상시키는 이 소설은 주인공 클링조어가 한숨 푹 자고 난 뒤 세수를 하고 면도를 한 후 갈아입은 속옷 위로 옷을 입은 다음 좋아하는 사람에게 전해줄 선물을 사러 시내로 나가는 장면에서 끝난다. 마흔두 살의 화가 클링조어가 생애 마지막 여름을 보낸 이야기를 꺼내놓겠다는 문장으로 시작하는 소설의 머리말을 떠올려보면, 이 작품은 확실히 죽음에서 시작해 죽음 이후, 그러니까 탄생, 부활, 재생…… 이른바 죽음으로써 다시 태어나는 재생의 엔딩을 취하고 있다. 모든 상황이 그 상태에서 다시 시작되는 리셋 개념과는 다르다. 『클링조어의 마지막 여름』에 등장하는 중요한 개념은 몰락이다. 몰락함으로써 소멸하고 소멸함으로써 다시 태어나는 것은 지금 이 상황이 다시 시작되는 리셋, 요컨대 게임적 상상력과는 구분되는 현실적이고도 사실적인 방법론이다. 우리는 이따금 몰락을 통해 소멸에 이른 다음에야 다른 존재로 거듭날 수 있다.

"왜 항상 바보 같은 연속만 있고, 들끓어 오르는, 충족된 '동시同時'는 없는 것일까." 편집자에게 가장 큰 영광이라면 사회적으로 선한 영향력을 발휘하고 미학적으로 논쟁의 대상이 되는 문제적 작품을 세상에 내놓는 것일 테다. 지난 10년 동안 나는 그와 같은 '성과'를 쌓기 위해 맹목적으로 질주했는지도 모른다. 그러나 앞선 '성과'가

남겨놓은 자극을 또 한번 맛보고 싶어하는 자에게 예정된 것은 실패일 수밖에 없다. 알면서도 과거의 영화에 집착하고 있을 때, 10년 만에 나타난 헤세의 소설은 '바보 같은 연속'에 목매지 말고 돌아가는 수레바퀴에 붙들려 있지도 말고 '들끓어오르는' 동시를 상상하라고 따끔하게 조언하는 것 같다. 하고 싶은 것들이 열 가지도 넘던 시절, 한 개의 길을 만드느라 묻어두었던 아홉 개의 길을 떠올리며 다시 태어나기를 주저하지 말라고 조언한다. 그래, 소멸해가는 걸 두려워하지 말자. 그 끝에 새로운 탄생이 있으니.

오늘의 책 :	지하로부터의 수기
지은이 :	표도르 도스토예프스키
옮긴이 :	김연경
출판사 :	민음사
발행일 :	2010년 2월 26일
오늘의 엔딩 :	더이상 '지하에서' 이렇게 쓰고 싶지 않다……
오늘의 노트 :	전대미문의 강제 종료 엔딩. 그의 말은 더 들을 것이 없다.

no. 9

고전소설 중에서 가장 희극적인 작품을 하나만 고르라고 한다면 『지하로부터의 수기』를 꼽겠다. 두말할 것도 없다. 무조건 이 책이다. 주인공의 마지막 한마디에 이어지는 진술 내용이 일단 그 증거다. 한번 들어보자. "이래 놓고서도 이 역설가의 '수기'는 여기서 끝나지 않는다. 그는 결국 참지를 못해 계속하여 더 써나갔다. 하지만 우리 생각에도 여기서 그만 마쳐도 될 것 같다." 이 진술자는 주인공의 말을 믿지 않는다. 믿지 않기만 한 게 아니다. 행위가 계속되고 있는데 보란듯이 서술자가 막을 내려버리는 상황. 당신은 본 적 있는가? 이건 마치 무대 위에서 배우가 연기를 이어가고 있는데 연기는 이쯤봐도 될 것 같다며 연출자가 막을 내려버리는 것과 다를 바가 없다. 내가 말하고 있는데 누군가가 문을 닫는다. 그리고 아무도 닫힌 문을 다시 열려고 하지 않거나 문이 닫혔다는 사실을 아쉬워하지 않는다. 왜일까? 이유는 하나뿐이다. 그의 말은 정말로 더 들을 필요가 없는 것이다. 전대미문의 '강제 종료 엔딩'에 도대체 무슨 사연이 있을까?

그는 대체 어떤 인생을 살았기에 문학사상 어느 페이지에서도 찾기 힘든 '강퇴'의 주인공이 된 걸까.

그는 한마디로 '지하 생활자'다. 반사회성 인격 장애와 조현병 증상을 보이는 인물이다. 요즘은 지하 생활자라고 하면 가장 먼저 봉준호 감독의 영화 〈기생충〉을 떠올리는 사람이 많겠지만 우리의 지하 생활자는 그렇게 '계획이 있는' 부류가 아니다. 계획이 있다면 순전히 엎어지기 위해 존재한다고 봐도 무방할 정도다. 그는 죽 끓는 듯한 변덕을 탑재한 사람이니까. 소설은 1부와 2부로 나뉘어 있다. '지하'라는 부제가 붙은 1부에서는 마흔 살이 된 지하 생활자가 자신이 왜 여기 지하실에서 은둔 생활을 하고 있는지를 독백 형식으로 서술한다. 그는 자신이 앓고 있는 병증과 함께 당시 유럽 사회를 풍미하고 있던 합리주의 사고, 즉 이성주의를 맹렬하게 비난한다. 하는 말을 듣고 있자면 자폐적인 지식인의 느낌 그 자체다.

이어지는 2부의 제목은 '진눈깨비에 관하여'다. 여기서 지하 인간은 자신이 경험한 몇 가지 에피소드를 들려준다. 지상에서 주변 사람과 얼마나 어울리지 못했는지, 친구들로부터(그들을 친구라고 부를 수 있다면) 얼마나 심한 모욕을 받았는지, 어느 매춘부를 향한 사랑 앞에서 자신이 느낀 수치심은 어떤 것이었는지, 일말의 의미로도 상승하지 않는, 그저 흩날리다 공중에서 사라져버리는 진눈깨비 같은 이야기들을 마구 풀어놓는다. 반사회성 인격 장애와 조현병 증상을 보이는 지하 생활자라기보다는 차라리 TMItoo much information: 너무 과한 정보를 발사하는 TMT too much talker: 쓸데없는 말을 너무 많이 하는 사람에 가까워 보인다.

그는 왜 TMI를 남발하는 TMT가 되었을까. 『지하로부터의 수기』를 기점으로 도스토예프스키의 작품 세계는 극좌에서 극우로 전향한다. 그사이 도스토예프스키는 그의 삶에서 잊을 수 없는, 아니 그의 삶을 송두리째 바꿔놓는 경험을 한다. 바로 수감 생활이다. 급진적인 좌파 지식인으로서의 활동이 그를 교도소라는 좁은 공간으로 들어가게 했으나 그가 감옥에서 만난 다양한 사람들은 그로 하여금 인간에 대해 연구하게 하는 중요한 계기가 됐다. 이전 작품들이 몰입감 있는 잘 쓴 글이라면 유형 생활 이후 그가 써낸 작품은 드디어 철학적 깊이를 가지게 됐다는 평가를 받는다. 『지하로부터의 수기』가 지닌 의미는 그의 문학 인생에서의 중요한 전환점에만 그치지 않는다. 작중 인물인 '지하 인간'은 이후 체호프를 비롯해 많은 작가에 의해 내면이 있는 광인들, 요컨대 자기 파괴적이고 자아 분열적인 '작은 인간'의 한 원형이 된다. 이들 작은 인간은 쓸데없는 말을 많이 하고 자기 판단에 확신이 없으며 세상으로부터 차단당한다. 이제 더는 이렇게 지하에서 쓰고 싶지 않다는 진술이 한순간에 거부당하는 것도 마찬가지 이유다.

그런데 어쩐지 나는 이 '투 머치 토커'의 변심을 지켜보는 게 재밌다. 우리는 자신이 모르는 영역에 대해서 결코 재미를 느낄 수 없다. 희극은 모두가 알고 있는 진실을 비틀 때 발생하는 유희이기 때문이다. 그러니 내가 이 소설을 가장 희극적인 작품으로 꼽는다는 건, 내가 이 소설에, 소설의 주인공 지하 인간에게 무던히도 공감한다는 뜻이다. 이성주의와 합리주의에 반기를 드는 그는 인간 관념의 무분별하고 비일관적이며 무규칙적인 특성을 보여주고, 평소 늘 일관성과 합리성을 가지려고 애쓰지만 번번이 좌절하고 마는 내 끝없는 후회들, 그러니까 진눈깨비처럼 별 볼 일 없는 내 특징들을 내가 지닌 열등한 특성이 아니라 인간이 지닌 하나의 특성으로 바라보게 한다. 보편에 맞서 개인 실존의 고독과 고통만을 앞세웠던 카뮈의 실존주의적 반항은 일찍이 도스토예프스키의 지하 인간이 보여주었던 자유로움에 자기 확신을 더한 결과물이 아닐까. 도스토예프스키에게 인간은 결심한 것을 지키지 못하고 또다시 지키지 못할 결심을 반복하며 영원히 스스로를 배반하는 존재다. 그러나 그게 뭐 어떤가. 자신을 배반하는 인간이 자신을 확신하는 인간보다 이 세계의 균형과 조화에 더 이로운 존재인 것을.

오늘의 책 :	사양
지은이 :	다자이 오사무
옮긴이 :	유숙자
출판사 :	민음사
발행일 :	2018년 9월 21일
오늘의 엔딩 :	하지만 우리는 낡은 도덕과 끝까지 싸워, 태양처럼 살아갈 작정입니다.
오늘의 노트 :	해는 그렇게 쉽게 지지 않는다.

어떤 이들에게 삶은 차라리 내려놓고 싶은 짐이다. "죽는 게 나아. 아버지가 돌아가신 이 집에서 엄마도 죽어버리고 싶어." 아버지의 죽음 이후에도 흔들리지 않았던 엄마는 가지고 있던 돈을 다 쓰고 정든 집을 떠나 자그마한 산장에서 지내야 하는 비참한 상황에 놓이자 딸 가즈코 앞에서 약한 모습을 보이고 만다. 무너지는 어머니의 손을 잡고 같이 울던 가즈코는 훗날 이 시기를 이렇게 회상한다. "우리 인생은 니시카타초의 집을 나설 때, 이미 끝났다고 생각했다." 『사양』은 다자이 오사무가 1947년에 발표한 작품이다. '사양족'이라는 말이 유행할 만큼 패망한 일본의 청년들에게 깊이 각인됐던 이 작품은 다자이 오사무의 작품 중에서도 가장 많이 판매됐다. 그리고 알려진 바와 같이 이듬해 그는 스스로 목숨을 끊었다. 스무 살 때부터 수차례 시도했던 자살이 마침내 완수됐을 때 그의 나이는 만 서른아홉이었다.

패전 일본의 공기를 반영하듯 소설은 등장인물들의 삶 구석구석 배어든 죽음의 냄새로 시작한다. "죽는 얘기라면 질색"이라고 말하는 가즈코는 죽음 충동과 싸우는 인물들에게 둘러싸여 자주 휘청거린다. 아프고 불안정한 엄마에 대해 생각하던 가즈코는 "사랑이라 썼다가, 그 다음은 쓰지 못했다". 엄마를 향한 '사랑'은 차마 서술할 수 없는 단어다. 서술한다는 건 안다는 것이다. 안다는 건 연루된다는 것이며, 연루된다는 건 그의 상처와 고통을 모른 척할 수 없다는 뜻이다. 가즈코는 알고 있었던 것이다. 사랑의 내용을 서술하는 순간 그 사랑을 책임져야 한다는 것을. 패배한 시대의 몰락한 귀족 계급에게 책임이란 가당치 않은 소리다. '사양'하는 정신들과 함께 죽음만이 아름다워 보이던 시대. 때는 바야흐로 모든 것이 가라앉고 있던 1948년이었다.

가즈코가 엄마의 죽음 이후 아이를 낳는 일에 집착하는 모습은 별로 놀랄 만한 일도 아니다. 스물아홉 살의 가즈코는 가진 것도 없고 가질 것도 없는 처지다. 엄마의 죽음 이후 그에게 남은 거라곤 약물에 중독된 채 스스로를 방치하는 남동생뿐이다. 죽음 충동이 지배하는 시대에 남동생 나오지의 마음은 이미 생의 너머에 가 있는 것 같다. "내겐 희망의 지반이 없습니다. 안녕." 누나의 삶을 축내기만 하던 나오지이지만 한 가지 쓸모 있는 일도 한다. 그와 친교를 맺고 있던 소설가 우에하라를 소개받은 가즈코가 그에게 사랑을 느꼈던 것이다. 우에하라는 부인도 있고 자식도 있고 급기야 자신보다 훨씬 어린 여자 친구도 있는 눈치지만 가즈코는 개의치 않는다. 가즈코에게 그런 '낡은 도덕' 따위는 조금도 걸림돌이 아니다.

단 한 번의 만남 이후 6년 동안 그를 그리워한 가즈코는 자신의 사랑을 이루기 위해 전력을 다한다. 당신은 나만을 사랑하게 될 거라고, 나오지가 없을 때 자신의 집으로 오라고, 자신의 소망은 "당신의 애첩이 되어 당신 아이의 엄마가 되는 것"이라고 말하며 자신의 사랑을 밀어붙이는, 그야말로 '난처한 여자'인 가즈코는 "성난 파도를 향해 뛰어내리는 심정으로" 답장 없는 그를 향해 세 통의 편지를 보낸다. 그러나 가즈코의 사랑은 우에하라의 마음을 얻는 데만 목적이 있지 않았다. 그는 황혼으로 물든 세상에서 새 생명이라는 아침을 맞이하고 싶었다. 모두 절망하고 죽어가는 세상에서 시작하는 생명을 통해 희망의 역사를 쓰는 것을 두고 '혁명'이라 말하지 않을 도리가 없다. 아닌 게 아니라 가즈코는 내내 '사랑과 혁명'에 대해 이야기한다. 그에게 혁명이란 사랑을 확신할 수 있는 사람과의 사이에서 아이를 낳는 것이다. 죽었거나 죽어가고 있거나 죽고 싶어하는 사람들 사이에서 덩달아 죽음과 투쟁했던 가즈코는 오직 삶이 화두인 존재와의 만남을 통해 죽음으로부터 벗어나고 싶어한다. 우에하라를 향한 가즈코의 열정은 쉽게 이해하기 어려워도 아이를 통해 의지할 수 있는 관계를 꿈꾸는 열정엔 공감할 수 있다.

인간은 의지한 채 살아간다. 의지하는 건 기대는 것이고 기댄다는 건 서로가 서로의 무게를 견딘다는 것이다. 서로의 무게를 견디다보면 자세는 계속해서 바뀌고 바뀐 자세에 끊임없이 적응해나가야 한다. 적응하는 과정은 불편하지만, 그러한 불편이 삶이라는 데에 토를 달긴 힘들다. 요컨대 기대는 것은 함께 살아가는 인간이 주저앉지 않고 서 있을 수 있는 최소한의 자세다. 가즈코는 이 또한 알았던 것 같다. 사라져가는 엄마를 향해서는 차마 서술할 수 없었던 사랑. 가즈코는 이제 사랑에 대해서 이야기할 수 있다. 낡은 도덕과 '싸우고' 태양처럼 '살아갈' 작정이라고 말하는 가즈코가 말한 사랑의 모험은 서로에게 기대어 어둠 밖으로 나오는 것이다. 최선을 다해서 자신의 사랑을 쟁취하는 과정에 이름 붙이자면 단연 희망의 엔딩이다. 해는 그렇게 쉽게 지지 않는다.

오늘의 책 :	질투
지은이 :	알랭 로브그리예
옮긴이 :	박이문, 박희원
출판사 :	민음사
발행일 :	2003년 8월 30일
오늘의 엔딩 :	칠흑 같은 어둠과 귀가 따갑게 울어대는 귀뚜라미 소리가 지금 정원과 테라스와 집 주위 사방으로 다시 한번 퍼진다.
오늘의 노트 :	이 기괴한 소설은 귀뚜라미 소리만 실감할 수 있는 캄캄한 밤 풍경으로 끝난다.

no. 11

나도 〈부부의 세계〉를 봤다. 6회 방송으로 이미 시청률 18.8%를 기록했던 이 드라마는 비지상파 시청률 신기록을 세운 〈SKY 캐슬〉의 최고 시청률인 23.8%마저 뛰어넘었다. 남편의 외도 사실을 알게 된 아내가 느끼는 배신감과 복수가 전반전이었다면 쫓기듯 떠난 남편이 새로 꾸린 가정을 등에 업고 돌아와 또 한번의 전쟁을 예고하는 것이 후반전의 시작이다. 싸움도 1회전보단 2회전이 더 격정적인 법이다. 불륜과 치정으로 얼룩진 막장극이라 할 이 드라마가 여느 막장극과 다른 점이 있다면 상처를 마주하는 과정에서 드러나는 주인공 내면의 역사가 그리 간단치 않고, 배반에 의한 복수를 도모하는 과정에서 주인공이 사용하는 각종 수단과 방법이 그를 다만 피해자라는 전형성에 묶어두지 않는다는 것이다. 괴물을 단죄하기 위해 괴물이 돼가는 파괴적인 모습은 매력적이다. 복수의 칼날이 베는 건 타인의 인생만이 아니다. 칼을 휘두르다보면 의식하지 못하는 사이에 자신의 몸에도 상처가 나기 마련이다.

'나도' 보았다고 했지만 사실 불륜과 치정은 내가 가장 좋아하는 장르이기도 하다. 결혼은 약속과 구속이 공존하는 모순된 계약 관계다. 약속할 때 우리는 자유롭게 선택하지만 그 선택에는 서로의 자유를 제한하겠다는 구속을 받아들이는 것까지 포함돼 있다. 결혼을 결심할 때 우리는 형식적으로 안정적이고 내용적으로 불안정한 이 모순을 기꺼이, 나아가 기껍게 받아들이지만, 인간의 욕망은 종종, 실은 자주 초심을 잃는다. 변해가는 관계에서 약속과 구속이라는 긴장 상태, 혹은 타협의 균형이 무너지는 순간 점화하는 비극에서 우리는 일상에서 마주할 수 있는 거의 모든 파괴적인 감정을 종합적으로 만날 수 있다. 잘 안다고 생각했던 세계에 대해 실은 전혀 모르고 있었다는 사실이나 그 세계로부터 철저히 기만당하고 있었음을 알게 되는 충격 앞에서 인간은 미움과 증오를 넘어 끝도 없는 회의에 빠진다. 6회에서 주인공은 남편의 불륜 사실을 소위 상간녀의 가족과 함께하는 식사 자리에서 폭로해버린다. 진창으로 모두를 데리고 들어가 함께 굴러가며 남편과의 이별을 완수한 주인공은 이후 카페테라스에 아들과 마주앉아 지난 시간을 떠올린다. 부부란 뭐였을까, 결혼이란 무엇이며 지난 시간은 다 뭐였을까. 대답 없는 질문을 거듭하며 회의에 빠지던 그는 이내 질문을 멈춘다. 그리고 이렇게 말한다. "더이상 묻지 않기로 했다."

묻지 않는다는 것은 의미를 찾지 않겠다는 말이다. 지난 시간이 다 무슨 의미였는지, 부부란 도대체 어떤 관계이며 그 결속에 도대체 어떤 의미가 있는 건지, 아무것도 묻지 않겠다는 말이다. 그 안에 우리를 안심시켜줄 의미 따위 존재하지 않기 때문이며, 존재한다고 한들 작은 충격에도 손상될 불안정하고 임시적인 상태에 대단한 의미를 부여하지 않겠다는 결심이기도 할 테다.

아무것도 묻지 않고 무엇에도 대답하지 않는 소설이라면 알랭 로브그리예의 『질투』를 빼놓고 이야기할 수 없다. 『질투』는 아내의 외도를 의심하는 한 남자가 끈질기게, 아니 거의 강박과 집착에 가까울 만큼 집요하게 아내를 관찰하는 시선을 그리는 작품이다. 흔히 소설 하면 떠오르는 갈등 상황이나 매력적인 인물을 중심으로 한 몰입감을 기대한다면 이 책은 어떤 것도 만족시켜주지 않는 작품일 것이다. 소설에는 '나'와 아내, 그리고 아내와 모종의 '내연' 관계일 거라고 의심받는 이웃 남자 프랑크가 등장한다. 그러나 처음부터 끝까지 아내를, 때로는 아내와 함께 있는 프랑크를 묘사하는 시선만 존재할 뿐 그들을 바라보는 주인공이 무엇을 생각하고 어떤 감정을 느끼고 있는지, 그러니까 그의 마음 상태에는 끝내 가닿을 수 없다. 지리하고 멸렬하게 이어지는, 그러나 알 수 없는 긴장감으로 팽배한 이 무심한 관찰은 따분하기보다는 기이하고 공포스럽다.

이 기괴한 소설은 귀뚜라미 소리만 실감할 수 있는 캄캄한 밤 풍경으로 끝난다. 풍경이 인물 내면의 거울로 작용할 때도 있지만 이 소설은 그렇지도 않다. 더운 날 한밤의 풍경을 묘사하는 이 문장은 아무것도 말해주지 않는다. 지금은 밤이고 귀뚜라미가 울고 있다는 사실을 있는 그대로 기술할 뿐인 침묵의 엔딩. 따라서 이 사실의 기술에서 화자가 느끼는 질투의 감정을 읽어내려는 시도 역시 실패할 수밖에 없다. 풍경에는 의미가 없다. 바라보는 시선만 있을 뿐이다. 요컨대 이 소설은 처음부터 끝까지 한 조각의 내면도 드러내지 않고 지독하게 외부의 사실을 묘사함으로써 바라보는 일밖에 할 수 없는 인간의 무력함을 보여준다. 그리고 이 무력함, 그러니까 상대의 변심을 알 수 없고 나아가 타인의 마음을 알 수 없다는 사실은 타인에 대해 말할 수 있는, 유일하게 실체가 있는 진실일지도 모른다. 약속과 구속 사이에서 방황할 때 나도 종종 이 공허하고 쓸쓸한 풍경을 떠올린다. 해결되는 건 없지만 해결할 수 있는 문제가 아니라는 것을 인식하고 나면 이 기이하고 공포스러운 소설이 조금 따뜻하게 느껴지기도 하기 때문이다.

오늘의 책 :	변신
지은이 :	프란츠 카프카
옮긴이 :	전영애
출판사 :	민음사
발행일 :	1998년 8월 5일
오늘의 엔딩 :	그들의 목적지에 이르러 딸이 제일 먼저 일어서며 그녀의 젊은 몸을 쭉 뻗었을 때 그들에게는 그것이 그들의 새로운 꿈과 좋은 계획의 확증처럼 비쳤다.
오늘의 노트 :	「변신」의 엔딩은 자리만이 영원하고 그 자리의 사람은 부속품이자 소모품으로 전락한 현재를 무섭게 예견한다.

no. 12

프란츠 카프카의「변신」은 어느 날 아침 징그러운 벌레로 변한 남자의 초라하고 눈물겨운 사투를 그린 소설이다. 남자는 형용할 수 없는 모습으로 변한 자신을 혐오스러운 시선으로 바라보는 가족들 앞에 나타나지 않기 위해 애쓴다. 하지만 한편으로는 자신이 그저 벌레가 아니라 당신들의 가족이었음을 인정받기 위해 모습을 드러내야 하는 모순적인 상황에 직면해 있다. 주인공이 처한 거짓말 같은 상황은 비극이라기보다 희극에 더 어울릴 법한 풍자적이고 우화적인 동화 같다. 그러나 마지막 장면만은 이 작품을 20세기에 쓰인 다른 어떤 작품보다 더 비극적인 자리에 위치시킨다. 마지막 문장을 다시 읽어보자. "가족은 지금 새로운 희망과 기대에 벅차 있다. 모든 것이 다 잘될 것만 같은 긍정적인 기분이 이들에게 모종의 확신을 품게 한다. 가족, 그러니까 딸과 그들의 부모에게서 퍼져나오는 밝은 기운 가운데 그레고르 잠자와 관련된 일의 그림자 따윈 조금도 섞여 있지 않다."

「변신」이 주인공의 여동생인 그레테에게 초점이 맞춰진 채 끝나는 건 이유가 있다. 소설은 벌레로 변한 그레고르 잠자의 몰락과 여동생 그레테의 상승이 교차하는 구조로 진행된다. 위기에 처한 주인공에게 가장 먼저 손 내미는 사람이 알고 보니 그를 이용하려던 적이었던 셈이다. 잠자의 적은 벌레로 변한 몸뚱어리가 아니다. 오빠를 생각해주는 척하며 가족들과 잠자를 연결해주는 역할을 하지만, 결과적으로 이를 통해 오빠를 소외시키는 그레테다. 그러고 보면 이 소설은 처음부터 동생 그레테에 대한 잠자의 반응이 심상치 않다는 것을 곳곳에서 알려줬다. 잠자의 목소리가 평소와 다르다는 것을 가장 먼저 알아챈 그레테에게 잠자는 의문부터 가진다. "왜 누이동생은 다른 사람들에게 가지 않을까? 아마 이제서야 자리에서 일어나 옷을 입지도 않은 모양이다. 그런데 그 애는 도대체 왜 우는 걸까? 그가 일어나지 않고 지배인을 들어오게 하지 않았기 때문에, 그가 일자리를 잃는 위험에 처해 있기 때문에? 그리고 그렇게 되면 사장이 다시 묵은빚을 재촉하며 부모를 못살게 굴 터이기 때문에?" 잠자는 신경과민과 피해망상 사이의 어디쯤에서 불안하고 의심에 찬 눈으로 여동생을 바라본다. 누가 먼저랄 것 없이 둘은 서로 적이 된다.

그레고르 잠자의 문제를 해결함에 있어 여동생은 묘하게 그의 신경을 거스른다. 가령 잠자의 방에 있는 가구를 치워야 할지 그대로 둬야 할지 가족들이 논의하는 과정에서 엄마와 여동생의 의견이 엇갈린다. 엄마는 잠자가 다시 본래의 모습으로 돌아오면 바뀔 게 없다고 느낄 수 있도록, 그래서 그만큼 더 쉽게 그동안의 시간을 잊어버릴 수 있도록, 방을 이전과 똑같은 상태로 보존해둬야 한다고 주장한다. 반면 동생은 가구들이 오빠가 기어다니는 데 방해가 되고 있으며, 무엇보다 이 가구들이 지금은 전혀 쓸모가 없으므로 치워버리는 게 낫다고 주장한다. 엄마와 여동생의 의견에 따라 잠자가 기거하는 공간은 방이 될 수도 있고 동굴이 될 수도 있다. 이는 곧 현재의 잠자를 잠깐 벌레 상태가 된 가족으로 보느냐, 그러니까 인간 그레고르 잠자로 보느냐, 혹은 영원히 바뀌지 않을 벌레로 보느냐를 구분 짓는 선택이기도 하다. 엄마에게 이 벌레는 여전히 자신의 아들 그레고르 잠자이지만 오빠에 관한 한, 특히 '부모 앞에서 특별한 전문가를 자처하고 나서는 데 익숙해져 있는' 동생에게 이 벌레는 한 마리 오갈 데 없는 생물이다. "이게 오빠라는 생각을 버리셔야 해요." 동생의 의견에 따라 방은 비워진다. 장롱을 내어갈 때만 해도 별다른 동요가 없던 잠자가 책상을 옮기는 모습을 보고 자신의 과거가 모조리 삭제되는 기분을 느끼는 장면에서는 애처롭다못해 가엾기까지 하다. 그러던 어느 날 아침, 가정부의 외침 속에서 그의 죽음은 우주에서 가장 하찮은 존재의 무의미한 소멸로 명명된다. "여보세요, 이게 뒈졌어요, 저기 누워 있는데요, 아주 영 뒈졌다니까요!"

이제 이 우스꽝스러운 상황이 다른 어떤 비극보다 더 비극적인 이유에 대해 이야기할 차례인 것 같다. 「변신」의 마지막은 오늘날 우리 마음에 뿌리박힌 공포의 근원을 정확하게 겨눈다. 가족 안에서 우리 자신은 적어도 누군가의 대체물이 아니다. 기능과 도구로 존재하며 쓰임을 입증해야 하는 것이 아니라 그 자체로 의미 있는 존재이기 때문이다. 그러나 잠자는 가족에게 생계유지를 위한 기능이자 도구였다. 결국 그 쓰임의 시효가 다하자 누구도 그의 죽음을 막지 않았고, 그 자리는 새로운 도구로 대체된다. 바로 여동생이다. 우리는 여동생의 미래가 잠자와 다를 바 없으리라는 걸 짐작할 수 있다. 안전한 대피소이자 무조건적인 쉼터는 하늘 아래 어디에도 없다는 사실이 "새로운 꿈과 좋은 계획의 확증처럼" 비치는 그레테의 젊은 몸을 창백한 빛으로 뒤덮는다. 한 사람이 다른 사람으로 간단히 교체되며 끝나는 「변신」의 엔딩은 자리만이 영원하고 그 자리의 사람은 교체 가능한 부속품이자 소모품으로 전락한 현재를 무섭게 예견한다.

오늘의 책 :	고도에서
지은이 :	스티븐 킹
옮긴이 :	진서희
출판사 :	황금가지
발행일 :	2019년 11월 15일

오늘의 엔딩 : 그는 얼굴을 별들에게 향한 채,

지표면의 필사적인 손아귀를 벗어나

솟아오르고 있었다.

오늘의 노트 : 지표면에서 멀어지며 고도를 높이는 남자는

하늘에 가까워지며 생의 엔딩을 맞는다.

끝난다는 건 가벼워진다는 것.

no. 13

오늘의 엔딩에는 어떤 비유도 없다. "지표면의 필사적인 손아귀를 벗어나 솟아오르고 있었다"는 말에 눈썹을 찌푸리고 찾아내야 할 이면의 의미는 없다는 말이다. 그야말로 끝, 사라짐, 죽음, 이별. 지표면에서 멀어지며 고도를 높이는 남자는 점점 더 하늘에 가까워지며 생의 엔딩을 맞고 있다. 하늘에 가까워진 그가 어디로 날아갈지는 알 수 없는 일이다. 마을을 벗어나고 지구를 벗어나고 존재를 벗어나려는 듯한 남자에게 무슨 일이 있었던 걸까. 어떻게 하면 저렇게 가벼워질 수 있는 걸까. 무슨 일이 있었든지 간에 이런 방법으로 생의 마지막을 맞을 수 있다면 그것도 나쁜 일은 아닐 것 같다. 그렇다고 풍선에 매달린 것처럼 둥실둥실 떠오르는 기이한 비행이 마냥 부럽다는 말은 아니다. 기구나 기계의 도움을 받지 않고도 공중으로 떠오를 수 있을 만큼 몸이 가벼워지면 어떤 기분이 들까. 내게도 그토록 가벼웠던 시간이 있었던 것 같은데. 한번쯤 상상해보고 싶은 것이다. 땅에 매여 있지 않아 사소한 바람에도 휩쓸릴 수 있는 가벼움에 대해서 말이다.

『고도에서』는 몸무게가 줄어드는 남자와 그 이웃들의 이야기를 소박하고 감동적인 에피소드로 그린 작품이다. 알 수 없는 이유로 몸무게가 줄어드는 스콧은 맨발로 서면 키가 195센티미터에 이르는 장신이다. 처음엔 살이 빠지는구나라고 생각하는 정도였다. 그런데 살이 빠져가는 모양새가 이상했다. 겉보기엔 109킬로그램쯤으로 보이는데 체중계 위에만 올라가면 96킬로그램, 95.5, 95…… 보이는 무게와 측정된 무게 사이에 오차가 너무 컸다. 물리적 차원에서 변화가 없는데도 체중이 줄어드는 기이 현상은 우리의 일상을 지배하는 감각과 완전히 반대인 경우다. 일상에서의 고민은 차라리 이런 것이다. 물리적으로 발목을 잡는 건 아무것도 없는데 왜 이렇게 무거운 걸까. 우리의 무거움이 결코 우리의 행복을 위한 무거움이 아닌 것과 달리 스콧의 가벼움은 그의 행복을 위한 가벼움이 된다. 끝내 하늘로 올라간 스콧이 어디에 도착할지는 알 수 없으나 그의 몸에서 빠져나간 무게가 어디로 가는지는 알 것 같다. 도움이 필요한 이웃들. 불합리한 이유로 이 땅에, 이 마을에 뿌리내리지 못한 사람들. 그들이 적응할수록 스콧이 떠날 시간이 가까워져온다.

에너지는 이동하되 전체 에너지의 총량은 보존된다. 질량-에너지 보존의 법칙은 모든 수학, 과학 시간에 배운 법칙을 통틀어 유일하게 마음에 들었던 법칙이다. 눈에 보이지 않아도 어딘가에 사라진 에너지가 있을 것이라고 상상할 수 있으니 안 보인다고 해서 없는 건 아니라고 생각할 수 있다. 그런 생각을 하고 있으면 괜스레 안심이 되고 마음이 훈훈하게 달궈지는 기분이다. 나는 이 소설의 홀가분한 엔딩이 좋다. 남자의 몸에서 빠져나간 에너지가 지상에 발붙이고 살 수 없는 소외된 자들의 삶에 필요한 에너지가 되었다고 생각하는 게 좋다. 가령 스콧과 한마을에 사는 사람 중에는 식당을 운영하는 레즈비언 커플이 있다. 그들이 자신의 성 정체성을 드러내면서 식당 운영에 곤란함을 겪고 있을 때 스콧의 기지가 커플에 대한 마을 사람들의 편견을 없앤다.

한 편의 동화 같은 상상력을 보여주는 이 소설은 『나는 전설이다』로 잘 알려진 작가 리처드 매드슨의 작품 『줄어드는 남자』를 오마주한 것이라고 한다. 어느 날 몸이 줄어드는 병에 걸린 중년 남성이 겪는 고통과 외로움을 다룬 작품이다. 184센티미터였던 키가 하루하루 조금씩 줄어들며 몸이 작아지자 직장을 잃게 되고 아내는 잠자리를 피하며 어린 딸은 더는 자신을 아버지로 여기지 않는데다 가족과 대화는 서서히 단절된다.

결국 누구도 알아보지 못할 정도로 작아진 채 지하실에 떨어진 그는 질병과 배고픔 그리고 그를 사냥하려는 거미로부터 목숨을 지켜야 하는 절체절명의 순간에 처한다. 원작소설의 주인공인 스콧은 줄어들면서 고통받지만, 스티븐 킹의 주인공 스콧은 줄어들면서도 절망하지 않는다. 그에게서 빠져나간 에너지가 에너지를 필요로 하는 사람들에게 가서 그들에게 행복을 만들어줄 것이기 때문이다. 원작의 스콧은 소외로부터 고통받지만 스티븐 킹의 스콧은 고통받는 그들의 편이 된다. 어찌됐든 스티븐 킹의 '고도에서' 전체 에너지는 줄어들지 않는다.

몸은 아니지만, 우리 마음은 스콧처럼 가벼워질 수 있을 것이다. 무거운 마음을 내려놓고 누군가를 고통스럽게 하는 마음 또한 내려놓는 방식으로써만 우리는 성숙한 시민이자 의연한 어른이고 다정한 이웃으로 살아갈 수 있다. 더 일찍 내려놓으면 더 빨리 가벼워질 수 있겠지. 『고도에서』는 공동체에서 힘의 분배가 정의롭게 이뤄지고 있는지도 질문하게 한다. 어떤 사람에게 너무 많이 집중된 힘은 곧 다른 사람에게 결핍된 힘을 뜻하리라. 스콧의 잃어버린 무게가 우리 사회가 잃어버린 것들에 대한 너무 늦은 질문이 되지 않도록 소설의 마지막 장면을 내 생의 한 컷으로 저장해둔다.

오늘의 책 :	페널티킥 앞에 선 골키퍼의 불안
지은이 :	페터 한트케
옮긴이 :	윤용호
출판사 :	민음사
발행일 :	2009년 12월 11일
오늘의 엔딩 :	강박은 불안에서 기인하고
	불안은 강박을 동반한다.
오늘의 노트 :	골키퍼와 키커가 서로를 앞에 두고 벌이는
	치열한 수 싸움.
	끝나지 않는 끝.

no. 14

그는 축구 골키퍼였다. 『페널티킥 앞에 선 골키퍼의 불안』은 키커가 찬 공이 골문을 뚫었는지 뚫지 못했는지 알려주지 않은 채 끝나버린다. 이게 뭐야. 진짜 이렇게 끝난다고? 스포츠 중계였다면 집단 항의가 빗발치고도 남을 법한 상황이지만, 다행히 이것은 소설의 엔딩이고 엔딩에 이를 때까지 이어지던 매우 곤란한 싸움을 떠올리면 이렇게 끝나는 것만 해도 작가에게 감사 인사를 전하고 싶을 지경이다.

지난한 싸움이란 이런 것이다. 골키퍼와 키커가 서로를 앞에 두고 치열한 수 싸움을 벌이고 있다. 이때 수 싸움이라는 게 묘해서 조금 더 생각한다고 조금 더 나은 결론에 도달하는 건 아니지만, 꼬리를 물리면 잡히는 게임처럼 잡히지 않으려면 계속해서 움직여야 하는 식이다.

예컨대 골키퍼가 키커를 잘 안다고 치자. 골키퍼는 키커가 어느 방향으로 공을 찰지 짐작할 수 있을 것이다. 그러나 키커 역시 골키퍼의 생각을 계산하지 않을 리 없다. 그래서 골키퍼는 다른 방향으로

공이 올 거라고 생각한다. 물론 키커도 골키퍼와 똑같이 생각할 테고 그 결과 원래 방향대로 차야겠다고 마음을 바꾼다. 이 과정은 무한히 반복된다. 소설이 어느 쪽으로도 손들어주지 않고 끝나는 건 승부를 맺지 못한 미완의 결론이라 부를 만하지만 이러한 결론이 말하는 바는 분명하다. 미완의 결론이 아니라 미완이 곧 결론이다.

두 사람의 수 싸움에 승자가 있을까. 있다면 그 승리는 인과관계에 따른 결과일까. 경우의 수를 예측하는 데 집착하는 행위는 전략이 아니라 강박이다. 골문은 너무 넓고 키커가 어느 쪽으로 달려올지는 알 수 없다. 그것은 마치 "한 줄기 지푸라기로 문을 막는 것과 똑같"다. 어쩌면 막을 수 있을지도 모른다는 생각으로 키커의 방향을 예측하려 하지만, 한 줄기 지푸라기로는 문을 막을 수 없다. 종종 잊어버리지만, 골키퍼에게 페널티킥은 승부가 아니라 벌칙이지 않은가. 막을 수 없다고 생각하면서 막기 위해 서 있으므로 눈에 보이는 모든 것이 그를 불안하게 한다. 압도적 불안이 소설의 엔딩을 감싼다.

강박은 불안에서 기인하고 불안은 강박을 동반한다. 불안과 강박의 주인이자 소설의 주인공 요제프 블로흐. 블로흐는 전직 골키퍼로 이름을 날렸지만, 지금은 건축 공사장에서 조립공으로 일하고 있다. 다른 사람보다 늦게 출근한 어느 날 아침, 현장감독과 눈이 마주친 그는 그의 눈빛을 해고의 표시로 이해하고 공사장을 떠난다. 정말 눈치일 수도 있고 지레 겁먹고 오해한 것일 수도 있지만, 어쨌거나 블로흐는 일자리를 잃고 불안과 좌절, 절망을 품은 채 극장과 시장과

뒷골목을 배회한다. 그러던 중 극장 매표원으로 일하는 여성과 하룻밤을 같이 보내는데, 다음날 아침 여자와 대화하던 중 그녀를 목 졸라 죽인다. 도대체 왜? 그녀가 한 말이라고는 고작해야 이것이 전부였다. "오늘 일하러 가지 않으세요?"

골키퍼와 키커가 서로 행동을 예측하려고 수 싸움을 벌이는 과정이나 현장감독의 눈빛에서 해고의 의미를 읽어내는 일, 또는 일하러 가지 않느냐는 여자의 말에서 모욕감을 느끼고 상대의 목을 조르는 행위는 그와 상대방의 소통에 심각한 어긋남이 있다는 걸 알려준다. 자신을 향한 행동에 과도한 의미를 부여하고 급기야 살인을 저지르는 그는 망상에 빠진 범죄자일까. 상대방의 눈빛이나 특별할 것도 없는 말에서 치명적인 모멸감을 느끼는 그가 지나치게 앞서 생각하는 사람인 건 틀림없다.

그러나 키커가 어느 쪽으로 공을 찰지 미리 생각해본다고 한들 골키퍼가 실제 방향을 알 수 없는 것과 마찬가지로 앞서 생각하는 그의 선택 역시 상대방의 실제 의사와 일치할 수 없다. 심각한 불일치로 그는 구토감을 느끼지만, 불일치는 그에게 모종의 안도감을 주기도 한다. 구토감은 불일치를 인식할 수 있는 사람만이 경험할 수 있는 자각의 시작이기 때문이다.

약속된 의미로서의 언어를 거부하는 그는 지도에서 사각형을 보고 그것을 실제 주변에서 발견하지 못할 때 마음이 가벼워짐을 느낀다. 그곳에 있어야 할 집이 없거나 이 자리에 곡선을 이루고 있어야 할

도로가 실제로는 직선으로 뻗어 있는 경우에 편안함을 느낀다. 언어와 실재가 불일치할 때 그는 안도감을 느낀다. 골키퍼와 키커가 주고받는 수 싸움으로 이루어진 꼬리잡기 엔딩은 실재를 추측하기 위해 앞서 생각하지만 생각을 시작하는 순간 실재가 바뀌어버리면서 생각과 실재가 영원히 일치할 수 없는 불일치 그 자체를 의미한다. 요컨대 '페널티킥 앞에 선 골키퍼의 불안'이란 언어가 존재를 예상할 수 없고 존재가 언어를 관통할 수 없는 영원하고 근원적인 불통에서 오는 불안이다. 우리 안에 이미 깊숙하게 자리한 불안의 원형에 이름을 붙인다면 그게 바로 『페널티킥 앞에 선 골키퍼의 불안』일 것이다.

오늘의 책 :	젊은 베르테르의 슬픔
지은이 :	괴테
옮긴이 :	박찬기
출판사 :	민음사
발행일 :	1999년 3월 20일
오늘의 엔딩 :	성직자는 한 사람도 따라가지 않았습니다.
오늘의 노트 :	베르테르의 권총 자살이 애도받지 못한 이유.

no. 15

『젊은 베르테르의 슬픔』은 어느 젊은 남성의 전부를 건 사랑 이야기다. 손닿을 수 없는 타인의 마음에 전부를 걸다니, 너무 숭고한 나머지 비현실적으로 느껴지는 이 이야기를 아무리 좋게 보려 해도 시대착오적이란 생각이 떠나질 않는다. 하긴, 1700년대에 쓰인 소설을 읽으며 시대착오적이라는 말을 쓰는 것보다 더 착오적인 일도 없겠지. 전부를 건 사랑 이야기의 줄거리는 이렇다. 베르테르는 변호사다. 상속 사건을 처리하기 위해 한 마을에 들른 베르테르는 로테를 만나 사랑에 빠진다. 그러나 로테에게 약혼자가 있다는 걸 알게 된 그는 마음을 접고 마을을 떠난다. 이후 여하한 이유로 파면당한 베르테르는 다시 마을로 돌아온다. 그간의 시간이 무색할 정도로 로테를 향한 마음에 변화가 없지만 로테는 그의 마음을 받아들이지 않았다. 낙담한 베르테르는 권총 자살로 생을 마감한다.

전부가 아니면 아무것도 아니라는all or nothing 이 극단의 사랑 이야기를 좋아했던 적은 없는 것 같다. 나는 이 미친 사랑 노래가 정말로 좀 '미친' 사랑 노래가 아닌가 하는 혐의에 무게를 두는 쪽이었다. 집착에 가까운 그의 사랑에 문제가 있다면 그건 그가 열렬히 사랑한 로테에게 약혼자가 있다는 사실이 아니라 로테를 향한 그의 사랑이 실은 로테를 사랑하는 자기 자신을 향해 있다는 게 아닐까 생각하는 것이다. 일찍이 베르테르만큼 자기애가 넘치는 인물을 보지 못했다. 과하면 독이 된다. 베르테르의 슬픔과 베르테르의 죽음은 과도한 자기 사랑에서 비롯된 과도한 절망에서 비롯했다.

'드라마 퀸'이라 불리는 사람들이 있다. 다른 사람들이면 이만저만하게 지나갈 일에도 이들이 개입되면 극적인 감정의 돌풍이 일며 눈물과 분노의 대서사시가 펼쳐진다. "내가 이다지도 외곬으로 그녀만을 진심으로 사랑하고 있는데, 어떻게 그녀가 다른 사람을 사랑할 수 있는지, 다른 사람을 사랑해도 되는 건지, 도무지 알 수가 없다"고 말하는 베르테르야말로 정말 알 수가 없는 사람이다. 내가 좋아하는 사람이 나를 좋아하는 게 더 믿을 수 없는 일이라고 생각하는 나 같은 범인에게는 더더욱 알 수 없는 일인데, 사실 베르테르의 이런 과도한 절망에는 진작부터 자라온 뿌리가 있다. 소설을 열면 독자들은 "이상할 정도로 명랑한 기분에 사로잡혀 있다"는 그의 말을 보게 된다. 이어 그는 자신의 "어느 점이 사람들의 마음을 끄는지, 잘 알 수 없는 노릇이지만 꽤 많은 사람들이" 자신을 좋아한다고 생각한다. 사람들이 베르테르를 좋아한다는 것은 얼마간 사실일 것이나, 이러한 자아도취는 로테로부터 자신이 거부당하는 것을 받아들이지 못하는 근원적인 이유가 된다.

베르테르의 죽음에 응답한 건 권총 자살을 모방한 현실의 독자들 뿐이었다. 드라마 퀸이 주어진 상황에 극적으로 반응함으로써 누군가에겐 평범하게 지나갈 상황을 시끌벅적한 드라마, 그러니까 하나의 이야기로 만드는 경우라면 베르테르는 결코 드라마 퀸에 속하지 않는다. 드라마 퀸이라는 말보다는 나르시시스트란 말이 더 잘 어울리는 그의 기질은 인간이란 모두 어린이라는 유아론적 인간관에 기인한다. 그는 인간에 대해 말하기를 하느님의 눈으로 보면 "오직 나이 많은 어린애와 나이 적은 어린애가 있을 뿐" 다른 차이는 존재하지 않는다고 한다. 이에 비춰보면 소설의 마지막 장면은 꽤, 아니 매우 의미심장하다. 사랑받지 못한 자신을 스스로 파괴함으로써 거부당하는 자신을 소멸시킬망정 끝내 거부당할 수 있는 존재로서의 자신을 인정하지 않은 그의 행위가 스스로 생각한 것처럼 비극적이거나 숭고하게 여겨지지 않았기 때문이다. 당황하고 슬퍼하는 사람들이야 있지만, 그들 역시 베르테르의 죽음을 기억하지 않을 것 같다. 어떤 성직자도 그의 죽음을 배웅하지 않은 것과 마찬가지로 그의 열정과 그의 존재도 얼마 지나지 않아 자취를 감출 것이다. 그의 마음이 받아들여지지 않은 것처럼 그의 죽음 역시 누구에게도 받아들여지지 못했다.

젊은 '베르테르'의 슬픔이란 사랑을 거부당한 데서 비롯되는 비참함이겠지만, '젊은' 베르테르의 슬픔이란 자신이 더는 세상의 중심이 아니라는 자각에서 오는 박탈감이겠다. 나는 사랑의 열병에 대한 이야기로서의 이 소설은 별로 좋아하지 않지만, 세상의 중심이었던 한 인간이 중심에서 밀려나며 느끼는 고독과 외로움, 소외와 불안에 대한 이야기로서의 이 소설만큼은 좋아한다. '한낱' 사랑 때문에 생의 불씨를 스스로 꺼버린 '젊은' 베르테르의 치기 어리고 맹목적인 사랑은 누구에게도 환영받지 못하고 심지어 자기 자신에게도 받아들여지지 못하는 욕망인바, '늙은' 베르테르였다면 절대 가능하지 않았을 미친 사랑 노래이자 자신을 받아주지 않는 세상을 향한 구애와 절망의 노래이기 때문이다.

오늘의 책 :   모든 것이 산산이 부서지다

지은이 :   치누아 아체베

옮긴이 :   조규형

출판사 :   민음사

발행일 :   2008년 2월 22일

오늘의 엔딩 :   니제르강 하류 원시 종족의 평정.

오늘의 노트 :   세상을 설명할 수 있는 색깔,

회색으로 끝난 이야기.

no. 16

세상의 작동 원리가 충돌이라고 하면, 얼마만큼 맞고 얼마만큼 틀린 말일까. 나라와 나라가 충돌하고 여당과 야당이 충돌하고 세대와 세대가 충돌하고 남성과 여성이 충돌하고 흑인과 백인이 충돌하고 이미지와 텍스트가 충돌하고 이미지와 영상이 충돌하고…… 충돌이 가져오는 잦은 피로감 가운데, 그러니까 이 모든 크고 작은 충돌 가운데 가장 나를 힘들게 하는 것은 낡은 것과 새로운 것 사이에서 발생하는 충돌이다. 대체로 새로운 것을 옹호하고 기존의 것을 비판하던 내가 어느 순간부터 오래된 것을 수호하고 낯선 것을 받아들이지 못하는 걸 발견한다. 요즘은 그런 나 자신을 받아들이지 못해 나와 나 사이에 적잖은 충돌이 발생하고 있다. 이것과 저것 사이에서 뭐가 더 좋은 건지 판단하지 못한 채 대중이라는 허상에 기대어 타인의 판단을 내 판단처럼 포장하기도 한다. 그런 과정에서 저지르는 가장 흔한 실수가 바로 선택하지 않은 쪽을 절대악으로 만드는 것이다. 사실은 그럴 리가 없는데도 말이다.

언뜻 아무 느낌도 주지 않는 건조한 엔딩은 작중 인물인 치안판사가 집필하려는 책의 제목으로 낙점해놓은 문장이다. '니제르강 하류 원시 종족의 평정'이라는 제목의 책이라니, 어렵지 않게 예상할 수 있는바, 이 책은 니제르강 하류에서 살아가는 부족을 대상으로 한 인류학 보고서쯤 되겠다. 역시 어렵지 않게 예상할 수 있듯, 나이지리아 동부의 이보족 마을에서 태어난 작가 치누아 아체베가 스물여덟 살에 쓴, '아프리카 탈식민주의 문학의 새로운 장을 열었다고 평가'받는 이 소설은 서구 세력에 의해 아프리카 부족의 전통이 붕괴해가는 과정을 다루는 작품이다. 중요한 문제이지만 흔한 대립 구도와 '당연한' 문제의식은 우리를 별로 자극하지 못한다. 이렇게만 설명할 수 있는 작품이었다면 굳이 엔딩까지 기억할 필요는 없었을 것이다.

책 속의 책에서 빠져나와 지금 내가 두 손에 든 치누아 아체베가 쓴 책의 제목을 들여다본다. 『모든 것이 산산이 부서지다』 속의 제목과 동일한 것 같지만 조금 다른 뉘앙스를 풍긴다. 평정은 제압하는 자의 시선이 반영된 말이다. 일상적으로 우리는 평정했다는 말을 쓸 일이 거의 없다. 적을 공격해 굴복시킬 때, 반기를 드는 사람을 논리로든 힘으로든 밀어붙여 더이상의 반기가 지속하지 않도록 할 때, 공격하고 밀어붙이는 사람의 입장에서나 '평정'했다고 말할 수 있다. 반면 '모든 것이 산산이 부서지다'는 제압당하는 자의 시선이 짙게 깔린 말이거나, 적어도 제압하는 사람의 존재가 드러나지 않는 중립적인 진술이다. '니제르강 하류 원시 종족의 평정'에 패색이 완연

하다면 '모든 것이 산산이 부서지다'는 한 발 떨어져 부서짐 자체만을 드러내고 있다. 왜 부서졌는지, 누가 망가뜨렸는지가 배제된 객관적 진술은 이 소설이 흔한 대립 구도와 '당연한' 문제의식에서 벗어날 수 있었던 핵심이다.

부족민의 존경을 받는 오콩코라는 남자가 있다. 하지만 명예와 자존심 때문에 친아들처럼 아끼던 소년을 자신의 손으로 죽이는가 하면 실수로 마을 아이를 죽이는 일까지 생기면서 오콩코는 마을에서 쫓겨나고 만다. 그 무렵 백인들이 찾아와 기독교 교리를 전파하기 시작한다. 처음에는 거부당했지만 이내 백인들은 교회를 중심으로 마을에서의 영향력을 키워간다. 무엇보다 이들이 틈입한 곳은 부족의 약한 부분이었다. 전통과 관습의 이름으로 버려졌거나 소외당했던 이들, 가부장적 제도에 억압받으며 목소리는커녕 숨소리조차 못 내고 살았던 여성들이 교회로 돌아선 것이다. 세를 확장한 백인들은 학교를 지어 부족 아이들을 서구식으로 교육하고 법원을 세워 부족민들을 그들의 법으로 다스린다.

"우리의 세계는 왜 이토록 무력하게 무너질 수밖에 없었나?" 산산이 부서지는 일은 외부의 공격만으로 벌어지지 않는다. 내부의 몰락이 함께할 때 부서짐은 더 산산이 흩어지는 결과를 낳는다. 인생도 마찬가지 아닐까. 7년 만에 마을로 돌아온 오콩코는 부족민에게 백인에 맞서 싸워달라고 요구한다. 하지만 마을 사람들은 서로 눈치만 볼 뿐 선뜻 나서지 못한다. 오콩코가 그리워하는 '그 좋은 옛날'은 지배하고 군림하던 어떤 권력자들에게만 좋은 옛날이었기 때문이다.

전통을 파괴하는 제국주의와 파괴당할 만한 악습을 내면화한 부족의 충돌을 객관적인 시선으로 다루는 이 소설은 흑인과 백인의 갈등이나 남성과 여성의 갈등을 넘어 서로 다른 두 문화가 부딪치는 순간 생겨나는 파편을 세밀하게 관찰한다. 파괴하는 쪽이 가하는 힘의 폭력성과 부서지는 쪽의 나약함. 기존의 것과 새로운 것이 충돌할 때 충돌하는 지점을 미세하게 살펴보면, 한쪽을 맹렬하게 지지하거나 반대할 수 없는 빈틈이 있기 마련이다. 세상은 회색이다. 흑도백도 품은 경계의 회색이야말로 세상을 설명할 수 있는 색이겠다. 아무런 느낌도 주지 않는 건조하고 무심한 엔딩이 진실의 회색을 띠는 이유다.

오늘의 책 :	가장 나쁜 일
지은이 :	김보현
출판사 :	민음사
발행일 :	2022년 7월 15일
오늘의 엔딩 :	하지만 밤이 깊었으니 두 사람이 잠들지 못한다고 해도 곧 날이 밝을 것이다.
오늘의 노트 :	마음속에 못 하나를 박자. 그럼 앎의 고통 속에서도 앎이라는 희망을 믿을 수 있다.

『죽음에 이르는 병』에서 키르케고르는 절망의 고유한 특질에 대해 다음과 같이 말했다. 절망은 자기가 절망인 줄 모른다. 맞다. 절망의 본질은 모름에 있다. 모르면 눈앞이 캄캄해진다. 한 치 앞도 예측할 수 없다는 생각으로 가득할 때 우리 머릿속은 비관의 연쇄에 빠진다. 그렇다면 희망은? 희망은 아는 것이다.

옛말에 '아는 게 병'이라 했는데, 이 말이 그저 '모르는 게 약'이라는 말의 대립어로서 알면 고통받는다는 뜻을 드러내기 위한 비유만은 아닌 것 같다. 오히려 나는 이 말을 곧이곧대로 해석하는 편이다. 병이 난다는 건 알게 됐다는 뜻이기 때문이다. 병은 비로소 드러난 것이고 드러난 이상 외면할 수 없다. 병은 앎이고 앎은 희망이다. 그렇다면 나는 이제 이렇게 주장해야 할 것이다. 병은 희망이다.

병든 사람만이 책을 읽는다는 얘기를 언젠가 어느 책에서 읽은 기억이 있다. 책을 읽는 데에는 고도의 인내력과 집중력이 필요하다. 누구나 책을 읽지만 모두가 책을 읽는 건 아닌 이유도 여기에 있다.

책을 읽는 사람이라면 공감할 테지만, 한순간이라도 집중력이 흐트러지면 금세 내용이 아니라 글자만 보다 넘기는 상태에 이른다. 그 모든 방해 요소를 이겨내고 책에 몰입하고 있다면 그가 병들었기 때문, 다시 말해 그가 아는 사람이기 때문이다.

책을 쓴 사람의 시간을, 책 속에 나오는 이야기를, 그 책을 읽고 있는 자신을 알(고자 하)기 때문이다. 자신을 아는 사람만이 타인을 알려 하고, 타인을 통해 알게 되는 건 궁극적으로 자기 자신일 수밖에 없다. 병든 사람만이 자신을 알기 위해 방황한다. 그리고 알아버렸을 때, 우리는 자신의 상황을 절망적이라고 진단한다. 하지만 아는 것은 희망이다.

『가장 나쁜 일』은 사랑하는 사람의 죽음을 이해할 수도 납득할 수도 없는, 남겨진 자들의 이야기다. 두 사람이 있다. 한 사람은 여자고 한 사람은 남자다. 여자는 3년 전에 아들을 먼저 떠나보냈다. 이후 살아도 사는 게 아니고 죽어도 죽은 게 아니었으므로 그녀의 하루하루는 삶으로부터도 죽음으로부터도 소외된 시간이었다. 그러던 중 남편이 실종됐고, 실종된 남편과의 재회는 그가 투신자살했다는 비보를 통해 이뤄진다. 그리고 남자. 그는 인민군 장교 출신의 탈북자다. 역시 탈북자인 아내와 한국에 정착해 살뜰한 나날을 꾸려가던 어느 날, 아내가 한강에 투신했다는 연락을 받는다. 왜? 도대체 뭐 때문에?

연인이나 가족의 자살 이후 남겨진 자들은 '모름'이라는 절망에 빠진다. 누구보다 그를 잘 안다고 생각했는데 아무것도 몰랐다는 충격, 하나의 삶 속에서 함께 살아가고 있다고 생각했는데 그 세계에 혼자만 버려졌다는 상실. 그러나 이 모든 절망을 하나의 단어로 요약하자면 '모름'이라는 암흑일 테다. 다시 두 사람의 이야기로 이어가보자. 알 수 없음의 나락에 빠진 그들은 용기를 낸다. 알기로 한 것이다. 진실이 드러날수록 더 고통스러워지겠지만 그럼에도 두 사람은 알기를 선택한다. 그게 무엇이든, 얼마나 끔찍하든.

이 소설에는 나쁜 일투성이다. 나쁜 일 위에 더 나쁜 일이 있고 더 나쁜 일 위에 가장 나쁜 일이 있다고 생각할 즈음, 지금까지보다 상상할 수 없이 더 나쁜 일이 밀려올 거라는 예고장이 날아든다. 하지만 이 불행한 소설의 마지막 문장을 읽고 나면 알 수 있다. 가장 나쁜 일은 내가 모르는 동안 이미 벌어지고 있었다는 것을. 고통이 드러나기 시작했다는 건 오히려 어둠으로부터 서서히 벗어나고 있다는 증거임을.

수많은 감정과 사건의 소용돌이로 전개되는 이 이야기를 한마디로 정리하는 건 소설에 대한 지나친 무례일지 모른다. 하지만 무례를 무릅쓰고 말하자면, 『가장 나쁜 일』은 모르는 게 절망이고 아는 건 희망이라는 메시지를 건네며 끝난다. 오늘 나는 작가가 만들어준 이 따뜻한 결말에 위로받는다. 밤은 깊었고 두 사람은 잠들지 못하지만 그래도 괜찮다. 날이 밝을 거라는 사실을 알고 있으니까. 아는 건 희망이니까.

그럼에도 안다는 건 여전히 견디기 힘든 일이고, 견뎌야 할 우리를 위해 작가는 아름다운 장면 하나를 삽입해둔다. 인민군 장교였던 남자와 그의 아내 록혜가, 탈북하는 과정에서 힘들고 지친 두 사람이 나누는 대화다. 의식은 흐려지고 의지는 흩어지고 낙관은 바닥났을 때, 힘겨워하는 여자에게 남자가 말한다. "못 하나를 박아요. 마음속에 못 하나만 박아." 그럼 하나둘 떨어진 것들을, 흩어진 것들도, 나중엔 흐려진 것까지 다시 붙잡아 걸 수 있다는 것이다.

당신도 나도 마음속에 못 하나를 박자. 그럼 앎의 고통 속에서도 앎이라는 희망을 믿을 수 있다. 밤은 깊고 잠은 오지 않지만 내일이면 날이 밝아온다고 믿어버릴 수 있다. 안다는 건 그런 거 아닐까. 그냥 믿어버릴 수 있는 거. 어둠 속에서도 빛을 믿을 수 있는 것처럼.

오늘의 책 :	거미여인의 키스
지은이 :	마누엘 푸익
옮긴이 :	송병선
출판사 :	민음사
발행일 :	2000년 6월 12일
오늘의 엔딩 :	이 꿈은 짧지만 행복하니까요.
오늘의 노트 :	깨어나면 감옥 같은 현실이 기다리고 있겠지만, 꿈속에서 이들은 가면을 쓰고 있지 않다.

첫 문장으로 기억되는 많은 작품과 달리 『거미여인의 키스』는 마지막 문장으로 회자되는 몇 안 되는 소설에 속한다. "이 꿈은 짧지만 행복하니까요." 이 안에 어떤 맥락이 담겨 있을지 우리는 아직 알 수 없지만, 이 말에 공감하는 데 그토록 자세하고 특수한 맥락은 필요하지 않을 수도 있겠다. 우리의 행복한 꿈은 대체로 짧고, 짧은 꿈만이 우리를 행복하게 해주기 때문이다. 그것은 꿈과 현실이 대비되는 이유이기도 할 테다. 꿈을 따르는 인간과 현실을 따르는 인간은 언제나 가장 멀리 자리잡고 있으니까.

『거미여인의 키스』는 두 사람의 대화를 중심으로 구성된 소설이다. 주된 공간은 감옥이고 주인공은 한방에 갇힌 죄수 두 명이다. 말리나는 미성년자보호법 위반으로 구속된 동성애자고 발렌틴은 마르크스주의를 신봉하는 정치범이다. 한 줄짜리 소개로도 짐작할 수 있는바, 두 사람의 기질과 가치관은 달라도 너무 다르다. 게릴라 활동을 하다 검거된 발렌틴에게 가장 중요한 것은 사회혁명이다. 말리나에게 가장 중요한 감각의 기쁨이 발렌틴에겐 부차적일 뿐 아니라 바람직하지 않다. 말리나가 금지된 욕망을 상징한다면 발렌틴은 좌절된 혁명에의 의지를 상징한다. 바깥의 존재라는 점에서 두 사람은 닮았다.

두 사람의 대화를 매개하는 것은 말리나가 발렌틴에게 들려주는 영화에 관한 '이야기'다. 이야기하는 말리나와 듣고 평하는 발렌틴 사이에는 선명한 시각차가 존재한다. 말리나가 극중 인물을 '남편과 자식을 행복하게 해 주는 완전무결한' 여자이자 매력적인 여자로, "진지해 보이면서도 조금은 애교를 떨 줄 아는 멋진 여자"라고 말하면 발렌틴은 그 여자가 "식모를 부리면서, 돈 몇 푼 때문에 할 수 없이 일하는" 이들을 착취하는 사람일 거라고 빈정거린다. 발렌틴은 그의 시각대로, 그러니까 마르크시즘의 시선으로 영화에 대해 평한다.

그런데 말리나가 들려주는 이야기는 말리나의 각색에 의존한 것으로, 말리나는 이야기의 전달자가 아니라 변형자로 더 선명하게 존재한다. 따라서 영화를 통해 이뤄지는 두 사람의 대화는 점점 더 영화에 빗댄 그들의 이야기가 되고 영화 '이야기'는 말리나의 욕망을 반영하는 숨겨진 고백으로 기능을 한다.

요컨대 『거미여인의 키스』는 완전히 다른 두 사람이 여섯 편의 영화와 한 곡의 유행가에 대해 대화하며 두 사람 사이에 그어진 선의 경계를 무너뜨리는 과정을 다룬 작품으로, 자리한 곳마다 경계선이 그어지는 오늘날의 시점으로 보자면 불가능에 가까운 소통의 과정을 그리고 있다고도 볼 수 있다.

금지된 욕망을 상징하는 말리나는 영화의 예술성을 내용의 정치성과 구분하는 입장을 보여준다. 발렌틴에게는 아름다운 것만 생각하는 말리나의 예술관이 위험하고 위태로워 보인다. 그러나 미쳐버릴 것 같은 현실에서 탈출할 수 있도록 자신을 내버려두라는 말리나의 태도는 예술만 추구하는 것이 아니라 예술만이 그를 승인해주는 세계라고 항변하는 것 같다. 도피하는 것이 아니라 탈출하는 것이다. 한편 혁명가로서 발렌틴은 자신의 감정에 수치심을 느낀다. 그는 자신에게 감정을 허락하지 못한다. 그러나 금지된 욕망과 좌절된 혁명의지는 모두 다 좁은 감옥에 갇혀 있다. 서로 다른 두 질서가 만나는 지점에서 경계가 사라져도 그들이 속한 세계는 좁고 어두운 사각형을 벗어나지 못한다. 여전히 감옥이고 출구는 없다.

이 절망의 스토리에서 도대체 어떤 끝을 상상해야 할까. 가석방된 이후 극좌파들에게 구타당한 말리나는 응급실에서 모르핀을 맞고 의식이 점멸해가는 와중에 꿈속에서 발렌틴을 만난다. 꿈속에서 두 사람은 자유롭다. 매개하는 이야기에 기대야만 가능했던 두 사람의 대화는 이제 거침없이 느끼고 욕망하고 눈물 흘린다. 자신들을 에워싸고 있던 거미줄에 갇혀 있길 거부하는 그들은 비로소 자기 자신의 이야기를 한다. "이토록 아름다운 곳에 영원히 있고 싶지 않아요?" 말리나의 질문에 발렌틴은 동지들이 기다리는 투쟁의 세계로 다시 돌아가야 한다고 말하지만, 자신의 현실을 자각하는 와중에 그는 말리나에 대한 사랑을 고백한다. 함께할 때 사랑을 고백할 수 없었던 자신의 두려움까지도 고백한다.

이 소설의 마지막 문장은 연인으로부터 거절당한 자의 읊조림이다. 그러나 말리나는 이 꿈을 긍정한다. 짧은 순간 두 사람이 주고받은 것이 영원 같은 진실이기 때문이다. 깨어나면 감옥 같은 현실이 기다리고 있겠지만, 지금 이 짧은 꿈은 행복하다. 꿈속에서 이들은 가면을 쓰고 있지 않다.

오늘의 책 :	실업자
지은이 :	피에르 르메트르
옮긴이 :	임호경
출판사 :	다산책방
발행일 :	2013년 7월 25일
오늘의 엔딩 :	난 일하지 않고는 견딜 수가 없는 것이다.

오늘의 노트 :   집으로 돌아가고 싶지 않은 사람들과

이들을 돌려보내고 싶은 사회.

아직 끝나고 싶지 않은 사람들과

빨리 끝내고 싶은 사회. 끝이라는 전쟁터.

no. 19

"난 일하지 않고는 견딜 수가 없는 것이다."

『실업자』의 마지막 문장이 어떻게 보이는가. 가만히 들여다보고 있으면 아는 사람들의 얼굴이 떠오른다. 가장 먼저 내 부모님. 그들은 언제나 이렇게 말했던 것 같다. "난 일하지 않고는 견딜 수가 없다." 그리고 어쩌면 나도 이런 생각을 하며 살아가고 있으리라. "난 일하지 않고는 견딜 수가 없는 것이다." 문자 그대로 이 문장은 일을 해야만 견딜 수 있는 사람의 자조 정도로 읽힐 수도 있다. 워커홀릭 workaholic 같은 단어로 이렇게 생각하고 말하는 사람들을 설명할 수도 있을 것이다. 워커홀릭도 아주 틀린 말은 아니다. 그렇다고 워커홀릭이라는 한 단어로 치환할 수 있는 문장은 아니다. 사실 이 소설의 마지막 문장, 주인공 알랭이 일을 하지 않으면 살 수 없다고 말하는 이유는 일에 중독됐기 때문이 아니다. 일하지 않으면 견딜 수 없는, 그는 일에 종속된 사람이다. 일의 노예. 아마도 내 부모님이, 또한 내가 그러하듯이.

일을 해야만 자신의 존재를 긍정할 수 있는 불쌍한 인간이라니, 서글프고 피곤한 이 엔딩은 첫 문장과 연결되며 한층 의미심장해진다. "나는 한 번도 난폭했던 적이 없는 사람이다." 그가, 그러니까 한 번도 난폭했던 적 없던 그가, 57세에 집안의 골칫거리로 전락하고 사회의 잉여로 가라앉게 된 까닭은 단 하나다. 그에게 일자리가 없어졌기 때문이다. 퇴직 후 4년 동안 아르바이트를 전전하다 구한 배송 업체에서 평소 눈엣가시 같았던 십장의 엉덩이를 걷어차는 바람에 회사에서 잘린 그에게 남은 것은 폭력을 행사했다는 죄명과 안 그래도 빠듯한 살림을 더 팽팽하게 조여오는 벌금이 전부다. 재취업마저 요원해진 그의 미래에 대고 희망 같은 걸 운운하는 사람이 있다면, 그게 누구라도 당장 엉덩이를 발로 차주고 싶어질 것이다. "신은 나에게 일자리를 주어야 했다." 그가 할 수 있는 말이 달리 또 무엇이 있겠는가.

그런 그가 서류 심사 통과 소식을 들었을 때 얼마나 기뻤을지 상상하는 건 조금도 어려운 일이 아니다. 그런데 그가 치러야 하는 시험의 내용이 좀 얄궂다. 대량 해고를 아무 문제 없이 '처리'할 수 있는 임원을 면접하는 자리에서 인질극을 벌여 임원들의 위기 대처 능력과 스트레스 상황에서의 반응을 확인할 수 있도록 하는 것이다. 그가 할 일은 물론 인질극이다. "가장 힘든 건 그걸 집행하는 거야. 엄청나게 복잡한 일이지! 노하우가 필요하고, 의지가 필요하지. 그 멍청한 인간들하고 협상도 해야 하고. 그리고 이를 위해서는 사람이 필요해! 확실한 사람이 말이야. 병사들이 필요하지. 자본주의의 진정한 보병들이! 아무나 골라서는 안 돼. 안 그렇소, 카이사르? 그리고 최고의 적임자를 뽑기 위해서는 인질극만 한 게 없지." 인질극을 수행하는 건 윤리적이지 못한 일이라고 주장하며 격렬하게 반대하는 아내 때문에 조금 망설이긴 하지만 '고작' 그런 이유로 이렇게 좋은 기회를 날릴 수는 없다고 생각한 알랭은 합격을 위해 전력을 다한다. 입사를 향한 그의 노력은 눈물겹지만 안타깝게도 노력이 합격을 보장해주지는 않는다.

엔딩을 말하는 책이니까 결론을 말하자면, 그는 살아남았다. 그가 결국에는 일자리를 얻었다는 말이다. 그러나 그의 일자리는 엄밀히 말해 일'자리'가 아니라 일 자체다. 여기에 주어진 지면에서 일일이 다 설명할 수 없을 만큼 많은 소동이 벌어지고 나서 알랭은 조그만 협회에서 젊은 창업자들을 도와주는 '시니어 자문역'으로 일한다. 알랭의 표현에 따르면 그는 "그들의 발전 상황을 분석해주고 전략 수립에 있어서의 도움을 주는 일 따위를 한다". 실업자를 위한 자리는 없다. 자리 없는 일마저도 기꺼워하며 받아들일 때 그는 자신을 착취하는 지옥의 레이스에 올라탄 셈이 된다. 이 레이스의 끝에서 그를 기다리는 것은 무엇일까. 지옥의 레이스란 달리는 과정에서 그를 힘들게 하는 조건만을 가리키지 않는다. 레이스가 끝나는 시점에서 그를 기다리는 허무와 공허를 피하기 위해 달리는 것을 멈출 수 없음을 말한다. 허무와 공허를 마주하지 않기 위해 대가 없는 노동을 제공하며 만족을 얻는 그에게 누구도 당신 지금 행복하냐고 물을 수 없다. 실업자가 된다는 것. 누군가에게 그것은 '완전한 절망'에 사로잡혀 있는 상태다. '극도의 절망'에 갇혀 있는 것이다. 끝나고 싶지 않은 사람과 끝내고 싶은 사회가 어긋나게 교차하며 자본주의의 병사들이 집으로 돌아가는 순간. 이 소설의 엔딩은 끝내 돌아가고 싶지 않은 병사들의 메아리 없는 외침이다.

오늘의 책 :	날개(『한국단편문학선 1』)
지은이 :	이상
출판사 :	민음사
발행일 :	1998년 8월 5일
오늘의 엔딩 :	날개야 다시 돋아라. 날자. 날자. 날자.
	한 번만 더 날자꾸나.
	한 번만 더 날아보자꾸나.
오늘의 노트 :	박제가 된 천재는 질문하지 못한다.
	질문하는 대신 어깨춤이나 춘다.
	그가 잃어버린 것은 날개가 아니라
	물어볼 수 있는 용기다.

no. 20

애타게 날개를 부르짖으며 끝맺는 이 소설은 공간이 의미를 전달하는 대표적인 소설이다. 미쓰코시백화점 옥상에 올라가 발아래 움직이는 조그마한 사람들을 내려다보며 "날자, 날자, 한 번만 더 날아보자"라고 절박하게 외치는 '나'는 몇 시간 전까지만 해도 골방에 누워 이불 생활을 하던 룸펜이었다. 제 몸과 마음에 옷처럼 잘 맞는 방속에서 뒹구는 것이 가장 "절대적인 상태"라고 생각하는 '나'는 소설 대부분을 방안에, 그것도 바닥에 붙어 지낸다. 그랬던 주인공이 옥상으로 올라가 날고 싶은 마음을 피력하는 순간은 바닥에 붙어 있던 시간과 대조를 이루며 한층 더 초현실적으로 보인다. 바닥은 몽롱한 박제의 공간이고 옥상은 예민한 이성의 공간이다. 그리고 그 둘 사이엔 사이렌 소리가 있다. 버지니아 울프의 『등대로』에서 잊을 만하면 들려왔던 종소리처럼. 『날개』는 가장 낮은 인식과 가장 높은 인식 사이에서 울리는 사이렌 같은 소설이다.

20년 만에 다시 이상의 『날개』를 읽는다. 이상이라고 하면 무기력하고 왜소한 지식인의 외형을 떠올리는 것은 대체로 이 『날개』라는 소설 때문일 것이다. 박제가 돼버린 천재를 아느냐고, 애초에 돌아오는 대답을 기대한다기보다는 앞으로 읽게 될 것이 박제돼버린 천재의 창백한 일상에 대한 것임을 암시하는 첫 구절로 유명한 이 소설은 널리 알려진 바와 같이 식민지 조선의 지식인이 처한 심리적 현실을 핍진하게 묘사하는 작품이다. 작품의 주제를 말하자면 그렇다는 것이고, 드러난 내용만 보자면 이 소설은 매춘하는 아내의 집에 기거하며 아내가 주는 돈을 받고 아내가 주는 약(?)을 먹으며 점점 퇴화하는 남자가 무생물처럼 말라가는 내용이다. 박제가 된 천재를 본 적없는 우리를 위해 이상은 기꺼이 박제가 돼버린 천재의 일상을 보여준다.

박제의 일상은 언제나 게으름과 함께한다. "그냥 그 날을 그저 까닭 없이 편둥편둥 게으르고만 있으면 그만이었던 것이다. 내 몸과 마음에 옷처럼 잘 맞는 방 속에서 뒹굴면서, 축 처져 있는 것은 행복이니 불행이니 하는 그런 세속적인 계산을 떠난, 가장 편리하고 안일한, 말하자면 절대적인 상태인 것이다. 나는 이런 상태가 좋았다." 게으름의 상태를 유지하는 일. 게으름은 아무것도 하지 않는 것이 아니라 하지 않는 것을 하는 것이라고 말하며 '적극적이고 의지적인 게으름'에 대해 이야기할 수 있으면 좋겠지만 '나'는 그런 부류가 아니다. 그는 정말이지 무생물 같다. 그의 생기 없음은 다음과 같이 생각을 중단하는 방식을 통해 구체화한다. 박제 인간의 머릿속을 들여다보면 꼭 이와 같을 것이다.

　이를테면 아내에 대한 그의 태도를 보자. 달리 추측이란 것을 하지 않더라도 매춘을 통해 돈을 벌고 있다는 것을 알 수 있는 아내. 그런 아내에 대한 '나'의 판단은 그야말로 판단 중지의 상태다. 아내의 손님이 아내에게 돈을 놓고 가는 심리와 아내가 자신에게 돈을 놓고 가는 심리의 비밀을 알아낸 것 같은 '나'는 어깨춤이 절로 날 정도로 즐겁다고 말하지만, 그것이 무엇인지는 말하지 않는다. 손님에게 돈을 받는 아내의 마음과 아내에게 돈을 받는 나의 마음은 무엇일까. 박제가 되어버린 천재는 질문하지 못한다. 질문하는 대신 어깨춤이나 춘다.

　"이렇게도 편안하고 즐거운 세월을 하느님께 흠씬 자랑"하고 싶은 '나'에게 충격적인 사건은 아내의 방에서 아달린(최면제)을 발견한 것이다. 계속 자고 싶고 처진 기분이 들었던 것이 모조리 아달린 때문이었다면 아내는 왜 내게 아달린을 먹인 걸까. 그러나 이는 믿을 수 없는 서술을 이어가는 '나'의 일방적인 생각일 뿐 자신이 먹은 것이 아달린이라는 물증은 어디에도 없다.

　아달린을 먹이고 아내는 무엇을 했을까. 역시 박제가 돼버린 천재는 질문하지 못한다. '나'는 오히려 스스로 답하며 질문과 타협한다. 아달린이 아닐 수 있다고, 정말로 아스피린이었을 수 있다고 생각하는 식으로. "희망과 야심이 말소된 페이지"처럼 그는 찢긴 채 앞으로도 뒤로도 가지 못하고 어디로도 이어지지 못하는 불구의 책을 닮았다.

날개는 쉽게 닿을 수 없는 공간의 이동을 가능케 한다. 그에게 날개는 질문이다. 그가 잃어버린 것은 질문하는 능력이다. "한 번만 더 날아 보자꾸나." 마지막 문장은 이렇게 말하는 것 같다. 한 번만 다시 질문해보자꾸나. 어깨춤이 아니라 질문을.

오늘의 책 :	장마
지은이 :	윤흥길
출판사 :	민음사
발행일 :	2005년 10월 1일

오늘의 엔딩 : 임종의 자리에서 할머니는 내 손을 잡고

내 지난날을 모두 용서해주었다.

나도 마음속으로 할머니의 모든 걸 용서했다.

정말 지루한 장마였다.

오늘의 노트 : 암흑 속에서 위로받는 사람과 위로하는 사람은

구분되지 않는다. '용서'라는 끝에서는

경계가 사라진다.

no. 21

긴 장마가 끝났다. 그리고 어느 틈엔가 가을밤이 깊어졌다. 언제 그런 지루한 장마가 왔었느냐는 듯 순식간에 계절이 바뀌었다. 지난 주에는 꽃집 앞을 지나다 코스모스를 봤다. '가을이구나.' 떼 지어 날 아가는 잠자리도 봤다. '가을이 왔네.' 길었던 장마가 지나간 자리엔 여느 때와 다를 것 없는 심상한 가을 풍경이 성실하게 펼쳐지고 있었 다. 끝에는 시작이 있고 시작엔 끝이 있다. 마치 계절이 변할 때처럼. 계절감이란 끝과 시작이 맞물릴 때 우리의 기분일지도 모르겠다.

긴 장마를 집에서 보내는 동안 '불멍'을 많이 했다. 장작불을 보며 멍 때리는 행위를 불멍이라고 하는데, 타닥타닥 타들어가는 소리와 함께 흔들리는 불길을 보고 있으면, 생각하는 것을 멈추고 뇌를 쉬게 할 수 있어서 인기라고 들었다. 힐링을 찾는 사람들이 만들어낸 유희 의 일종인데, 나도 종종 불멍을 때린다. 지난여름 내내 바깥에 비가 오면 안에서는 장작불을 태웠다. '비가 내려도 꺼지지 않는 불'을 보 며 괜히 만족감을 느끼기도 했다. 요즘 이런 행동을 많이 한다. 불면을 잃는 것도 아니면서 각종 '마음을 편하게 해주는 자율감각쾌락반응ASMR'을 틀어놓고 잔다. 비 오는 소리라든지 깨를 짓이기는 소리 같은 거. 이런 소리에 의지하지 않아도 잠드는 데 어려움이 없지만, 왠지 이런 소리가 있으면 마음이 더 편해지는 것 같다. 마음은 언제나 기댈 것을 찾는다.

불을 떠올리면 윤흥길의 소설『장마』가 생각난다. 비가 아니라 불을 떠올리면 생각나는 소설이다. 마지막 장면 때문이다. 앞선 힐링과 어울리는 불은 아닐지도 모르지만, 역시나 고통과 상실이 모두 사위는 평안한 불이라는 점에서는 '힐링'이라는 말을 붙이는 것도 아주 틀린 말은 아니지 싶다.

소설의 마지막 장면은 할머니가 임종을 맞는 순간이다. 할머니의 생명이 소멸하는 시간을 묘사하며 저자는 "촛불이 스러지듯" 눈을 감았다고 표현한다. 측은하고 허전한 모습, 분노에 차고 고통스러워하는 모습, 그러나 그 모든 힘들었던 순간을 인생의 무늬로 받아들이며 서서히 꺼져가는 불꽃. 모든 것을 용서하고 이해하며 사라져가는 생명은 슬프도록 아름답다.

제목처럼 이 소설은 지루하고도 지루한 장마라는 시간 위에서 벌어지는 이야기다. 서술자이자 주인공인 소년 동만의 집에 외할머니가 피난 온다. 얼마 지나지 않아 국군 소위로 전쟁터에 나간 외삼촌이 전사했다는 소식이 들려온다. 아들을 잃은 외할머니는 충격에 빠져 빨치산에 저주를 퍼붓는데, 외할머니의 이러한 분노와 저주가 빨치산이 돼 소식이 끊긴 아들을 둔 친할머니의 심기를 거스른다. 두 할머니가 서로 대립하는 동안 세상은 주룩주룩 쏟아지는 비가 "온 세상을 물걸레처럼 질펀히 적시고 있는" 장마를 지난다.

한편 친할머니는 빨치산이 된 아들이 돌아올 것이라는 점쟁이의 말에 따라 아들 맞을 준비에 여념이 없지만 '그날'은 오지 않는다. 그 대신 구렁이가 한 마리 나타나는데, 이를 죽은 아들이라 생각한 할머니는 정신을 잃는다. 그때 외할머니가 나서서 구렁이를 달래 보내고, 정신이 들어 이 일을 알게 된 친할머니는 외할머니에 대한 증오와 미움의 마음을 거둔 뒤에 세상을 떠난다. 할머니의 죽음과 함께 긴 장마도 끝이 난다.

쉽지 않은 여름을 보냈다. 지루한 장마 같았다. 그래도 물걸레처럼 젖어 있는 동안 쏟아지는 비와 어둠에 익숙해진 건 내 여름의 자랑이다.

"날이 어두워지면서부터는 입장들이 뒤바뀌어 위로하는 사람과 위로받는 사람을 거의 구별할 수 없게 되었다." 암흑 속에서 위로받는 사람과 위로하는 사람은 구분되지 않는다. 경계도 흐릿해진다. 모두가 각자의 이유로 아프다는 것을 받아들이고 견디다보면 어느 틈엔가 장마는 그치고 가을바람이 불고 있을 것이다. 어느새 바람이 차다.

오늘의 책 :	동백꽃(『한국단편문학선 1』)
지은이 :	김유정
출판사 :	민음사
발행일 :	1998년 8월 5일
오늘의 엔딩 :	알싸한 그리고 향긋한 그 냄새에
	나는 땅이 꺼지는 듯이
	온 정신이 고만 아찔하였다.
오늘의 노트 :	사랑이 지닌 가장 큰 힘이라면 한 사람과 그를
	둘러싼 환경을 변화시킨다는 것일 테다.
	피어날 수 없는 꽃은 생각만 해도 너무 슬프다.

no. 22

'동백꽃'이라는 말을 들으면 달콤 쌉싸래한 연애소설이 떠오른다. 몸을 포갠 남녀가 한창 피어 흐드러진 동백꽃 속으로 파묻히는 마지막 장면이 영화나 드라마에서 수없이 반복되며 사랑의 이미지로 되풀이됐기 때문일까. 두 사람이 꽃 속으로 사라지고 나면 카메라는 으레 하늘이나 허공을 가리키며 우리가 품고 있는 사랑의 이미지를 떠올리게 했다. 화면이 공간을 비추면 우리 마음의 스크린에도 불이 켜진다. 사랑의 장소는 타인의 시선이 닿지 않는 곳에 숨겨져 있다. 이를테면 동백꽃 흐드러지게 핀 꽃밭 같은 곳. 오가는 사람 없는 한적한 골목 같은 곳. 나의 스크린에도 내가 지나온 사랑의 장소들이 스쳐지나간다.

가을이 돼서 그런가. 소셜미디어SNS에 꽃밭에서 찍은 사진들이 즐비하게 올라온다. 가을이 돌아올 때마다 비슷한 풍경을 보면서도 처음 본 것처럼 놀라지만 놀란 다음에는 이내 조금 쓸쓸해진다. 사람들이 떠나고 난 뒤, 가늠할 수 없을 만큼 넓은 공간에 꽃과 바람만 덩그러니 남은 풍경이 왜인지 적막해 보여서다. 풍경에 대해서라면 늘 전적으로 좋아하진 못했다. 풍경이 곧 배경은 아닐 텐데 풍경이라고 하면 배경의 자리에 있어야 한다고 생각하는 것도 편견이라면 심각한 편견이겠다. 풍경을 편안하게 좋아하지 못하는 건 누군가의 배경이 될까봐, 주인공이 되지 못할까봐 두려워하는 내 진심일지도 모른다. 그것은 또한 내가 아직 어른이 되지 못하는 이유이기도 할 것이다. 내게 어른이란 배경이 돼도 괜찮다고 생각하는 사람, 주인공이 아니어도 괜찮다고 생각하는 상태의 다른 말이니까. 나는 아직 어른이 아니다.

『동백꽃』에서 꽃밭이라는 풍경은 뒤에 있거나 남은 배경이 아니다. 아름다운 풍경인 동시에 현실의 문제를 보이지 않게 하는 위험한 배경이다. 맨 뒷자리에서 사람 좋은 웃음을 짓고 있지만 사실은 보이지 않는 힘으로 악의 구조를 장악한 사람처럼, 이 소설의 마지막 장면은 로맨틱한 아름다움 안에 차가운 냉소를 숨기고 있다. 나는 풍경화를 좋아하지 않지만, 풍경을 200% 활용하며 기대를 배반하거나 보이는 것 이면에 보이지 않는 진실을 숨겨 두는 엔딩, 바로 이런 마무리만은 입에 침이 마르도록 좋아한다. 이 책을 읽는 사람들은 저마다 다른 느낌으로 마지막 장을 덮을 것이다. 저마다 다른 방식으로 이 소설을 기억할 것이다. 풍경은 직접 말하지 않으므로.

『동백꽃』은 낭만적인 연애소설이 아니다. 열일곱 살 동갑내기인 점순이와 '나'의 투덕거림은 점순이 입장에서 보면 밀고 당기는 연애담일지 모르지만, 나의 입장에서 보면 반항 한번 제대로 할 수 없는 일방적인 괴롭힘일 뿐이다. 점순이네 집은 마름이고 내 집은 점순이네 집에 땅을 부쳐 먹는 기울어진 관계이기 때문이다. 나의 부모는 일찍부터 단단히 일러두었다. 행여라도 점순이와 말이 나는 관계가 되면 안 된다는 것이었다. 그러나 소설의 세계에서 예감이 낭비되는 법은 없다. 수작과 괴롭힘 사이를 자유롭게 넘나드는 점순의 도발이 계속되자 나는 반격을 도모한다. 그것이 더 큰 굴레가될 줄도 모르고.

동백꽃밭으로 폭삭 엎어진 두 사람은 어떻게 됐을까? 모르긴 해도 점순이가 앞장서고 나는 뒤따르는 관계가 쉬이 끊어졌을 것 같지는 않다. 말했듯이 소설의 세계에선 예감이 낭비되지 않고, 그들이 사는 세계는 마음과 마음이 오가는 길목을 계급이라는 존재가 막아서고 있는 가혹한 시절이었으니까. 하지만 두 사람을 막아선 것이 무엇이었는지 정확히 알 길은 없다. 두 사람이 서로 좋아했는지, 가만히 두면 좋아하게 됐을지, 이 짧은 소설의 이야기만으로는 다 알 수 없다.

"느 집엔 이거 없지?" "얘! 너 배냇병신이지?" "느 아버지가 고자라지?" 욕이란 욕은 다 들어먹으면서도 대거리 한번 못하는 게 분하지만 그래봤자 나는 분함의 눈물만 머금을 수 있을 뿐이다. 점순이는 툭하면 저희 집 수탉을 몰고 와서 내 집 수탉과 싸움을 붙인다. 험상궂게 생긴 자기네 닭이 이길 줄 뻔히 알고 하는 짓이다. 고추장을 먹인 닭은 병든 황소가 살모사를 먹고 용을 쓰는 것처럼 기운이 뻗친다는 얘기도 『동백꽃』을 읽으며 알았다. 낭만적인 엔딩으로 기억되는 소설이지만 나는 동백꽃이란 말을 들으면 혈흔이 낭자한 닭싸움부터 떠올린다. 말했듯이 이것은 한쪽에서 보면 연애 서사이지만 다른 쪽에서 보면 폭력이기도 하니까.

실컷 괴롭힘을 당하다 열이 받은 나머지 한번 반격했을 뿐인데 점순이의 닭이 죽어버렸고, 이 감당하기 어려운 결과가 약점이 되어 나는 한층 더 점순이에게 끌려가는 상황이 된다. 나의 처지에서 보면 점순을 향한 한번의 반격이 더는 아무런 반격도 할 수 없는 빌미가 된 것이다. 그러니 동백꽃 속으로 파묻힐 때 드러난 것은 두 사람 사이에 오가는 사랑의 전류가 아니라 나의 저항과 반항으로 팽팽한 긴장감을 유지하고 있던 탄성의 소멸이겠다. 동백꽃으로 가득한 곳은 사랑의 장소이기보다 은폐의 장소에 가깝다. 그렇게 생각하자 낭만적인 풍경은 사라지고 차가운 배경만 남는다. 사랑이 지닌 가장 큰 힘이라면 한 사람과 그를 둘러싼 환경을 변화시킨다는 것일 테다. 변화가 예정돼 있지 않다면 두 사람 사이에 차라리 사랑이 없었기를. 피어날 수 없는 꽃은 생각만 해도 너무 슬프다.

오늘의 책 :	내가 말하고 있잖아
지은이 :	정용준
출판사 :	민음사
발행일 :	2020년 6월 26일
오늘의 엔딩 :	이런 생각은 불 끄고 누워서 하는 거야.
	말 좀 줄이고 이제 자자. 빨리 자자.
오늘의 노트 :	우리가 실패하는 이유는 노력 부족이 아니라
	수면 부족 때문이다.

no. 23

마음이 무거워지면 잠부터 온다. 깨어 있자고 마음먹고 정신을 붙들어매어봐도 생각처럼 되지 않는다. 쏟아지는 잠을 통제할 수 없는 것이다. 회사에서 일하다 사고를 쳤다거나 함께 작업하는 작가로부터 모욕감을 느꼈을 때, 스스로 실망하거나 타인에게 상처를 주며 자괴감에 빠졌을 때.

수년 동안 반복되는 현상을 보며 나름대로 내린 결론이 있다. 잠은 마음의 상처가 아물도록 몸이 스스로 처방하는 회복제라는 것이다. 잠은 건강한 사람이 누릴 수 있는 상처 회복제다. 의식이 멈춰 있는 동안에는 걱정과 불안, 나쁜 상상과 절망감도 잠깐 멈춘다. 나쁜 생각에 중독돼 있던 의식이 활동을 멈추는 것만으로도 몸에는 긍정적인 신호인데, 그사이에 기억의 삭제도 일어나는 모양이다. 자신에게 너무 해로운 기억은 희미하게 만들어서 시간이 갈수록 기억 저편으로 사라지고 그런 날이 며칠 반복된다.

세상에는 아무 변화가 없어도 그사이 나에게는 많은 것이 변했다.

잠을 잔다는 건 무방비 상태에 자신을 놓아두는 것이지만, 자신을 자기 생각의 피해자가 되도록 몰고 가는 사람들에게는 무방비 상태야말로 회복 탄력성을 높이는 유일한, 그리고 최선의 방법이다. 마음이 무거워지면 잠부터 자야 한다. 마음에 이상이 생기면 일단 자자. 생각을 줄이고 빨리 자자.

인생의 끝에 죽음이 있듯 하루의 끝에 잠이 있다. 죽음이 평등한 것처럼 잠도 그렇다. 부자든, 가난한 자든, 어리석은 자든, 지혜로운 자든 모두 고단한 하루의 끝에 잠을 선물받는다. 정말 그렇다. 잠은 선물이다. 잠드는 순간의 기분을 일일이 기억할 수 없고 그런 걸 하나하나 기억에 담아두는 사람도 없을 테지만 단잠이라는 말이 괜히 있는 게 아니다. 그러므로 잠잘 수 없게 하는 형태의 고문이라든지 자고 싶어도 좀처럼 잠이 오지 않아 뜬눈으로 밤을 지새우게 되는 불면증 환자들의 고통을 그러지 않는 사람들은 쉽사리 짐작할 수 없다. 몸이 스스로 처방하는 최소한의 회복제도 없이 살아가는 사람들이라면 의식을 충분히 쉬게 하지 못한 탓에 그들의 마음은 한참 전에 소진되었을 것이다. 아리아나 허핑턴도 『수면 혁명』에서 말하지 않았나. 우리가 실패하는 이유는 노력 부족이 아니라 수면 부족 때문이라고.

그러나 오랫동안 잠은 부정적인 것으로 생각됐다. 동화 『잠자는 숲속의 공주』에서 잠은 유예된 저주의 형태로 등장한다. 공주의 탄생을 축하하는 자리에 초대받지 못해 화가 난 말레피센트가 공주에게 내리는 저주는 열여섯 살 생일에 물레 바늘에 손가락이 찔려 죽게 될 거라는 내용이다. 그러나 공주를 돌보는 요정이 말레피센트의 저주를 방해하는데, 죽는 대신 깊은 잠에 빠질 것이고 진실한 사랑의 입맞춤이 있다면 잠에서 깨어날 수 있다고, 저주의 내용을 한껏 완화한다. 지금 기준에서 보면 여자가 잠에 빠진 상태에서 진실한 사랑을 운운하는 남자의 키스를 받아 잠에서 깨어나는 문제의 기이함은 논외로 하더라도 이 작품은 죽음과 잠을 비슷한 것으로 놓으면서도 잠을 소멸로서의 죽음과만 등치시킨다는 점에서 시대착오적이다. 이 이야기에서 잠은 깨어나기 위해 존재한다. 잠은 깨어나는 순간만을 기다린다.

"이런 생각은 불 끄고 누워서 하는 거"라며 자신에게 이제 빨리 자라고 말하는 화자는 잠의 소중함을 알게 됐다. 불 끄고 누워서 생각을 이어나가면 이내 생각은 멈추고 잠으로 빠져든다는 걸 모를 리 없을 텐데 불 끄고 누워서 생각하겠다고 말하는 건 의식 너머에서 잠깐 쉬겠다는 뜻이기도 하다. 이렇게 말하는 주인공은 애정 결핍, 불안한 엄마, 소외된 마음으로 괴로움 잘 날 없는 중학생 소년이다. 소년에게는 언어장애가 있다. 언어장애는 말이라는 의식의 통행권을 발급받지 못해 다른 사람은 쉽게 드나드는 곳을 진입하지 못하는 것과 비슷하다. 소년은 엄마 손에 이끌려 언어 교정원에 다닌다. 그곳에서 만난 사람들의 도움을 받아 말하는 데 필요한 자신감을 회복하고 용기도 얻는다. 훗날 소년의 말더듬증이 얼마나 호전됐을지는 알 수 없는 일이다. 다만 소설 쓰기를 통해 문학의 아름다움에 눈뜨고 문학을 통해 진짜 자기 언어를 찾아가지만, 그러한 해피엔딩으로 이 작품의 엔딩을 다 말한 것처럼 생각하면 안 된다.

정용준의 소설 『내가 말하고 있잖아』의 엔딩은 말로 대표되는 '의식'의 세계에서 잠이라는 무의식의 세계로 자신을 넘겨줌으로써 더 이상 의식의 세계에 매달려 있지 않게 된 한 소년이 자신을 회복시키는 것을 의미한다. 이 소설을 성장소설이라고 할 때, 무엇보다 자신을 회복시킬 수 있다는 점에서 성장이다.

빨리 자자는 말 뒤에는 내일에 대한 내용이 생략돼 있다. 그래야 내일 일찍 일어나지. 내일에 대한 기대와 희망이 생각은 그만하고 얼른 잠자리에 들도록 우리를 부추긴다. 우리는 평생에 걸쳐 상처로부터 자신을 회복시켜줄 수 있는 방법을 찾는다. 그것은 이 소설에서처럼 잠일 수도 있지만, 반대로 움직임이나 여행일 수도 있다. 무엇이 됐든 완벽한 멈춤을 통해 무방비 상태가 될 수 있을 때 상처 위에 새살이 돋고 얼룩은 무늬가 될 것이다. 그러니 잠 못 드는 우리 모두, 얼른 자자. 빨리 자자. 내일이 우리를 기다리고 있다.

오늘의 영화 :   와일드

감독 :   장 마크 발레

개봉일 :   2015년 1월 22일

오늘의 엔딩 :   흘러가게 둔 인생은……

　　　　　　　얼마나 야성적이었던가.

오늘의 노트 :   길이 아니었다면 인간이 무슨 수로

　　　　　　　자신과 화해할 수 있었을까.

지난 주말에는 영화 〈와일드〉의 마지막 장면을 반복해서 봤다. 의지했고 사랑했던 엄마가 암으로 갑작스럽게 세상을 떠나자 딸 셰릴은 인생을 포기한다. 아무 남자와 섹스를 하고 약물에 중독되도록 몸을 방치한다. 더 나쁜 인생을 살 수 있다면 수단과 방법을 가리지 않겠다는 듯 자신을 학대하고 괴롭히는 데 골몰하는 사람. 그야말로 타락해버린 셰릴이 인생을 리셋해야겠다고 생각하게 된 건 남편과 이혼한 후 완전한 혼자가 되었을 때다. 감당할 수 없는 상처와 슬픔 때문에 자신뿐만 아니라 자신을 사랑해준 사람까지 망쳐버린 자신을 용서하기 위해, 혹은 치유하기 위해, 혹은 벌하기 위해 그녀는 수천 킬로미터에 달하는 길을 떠나기로 마음먹는다.

생애 가장 깊은 골짜기로 떨어진 한 사람이 혼자서 4천 킬로미터가 넘는 '퍼시픽 크레스트 트레일Pacific Crest Trail'을 걷겠다는 충동에 사로잡힌 건 이 암흑에서 자신을 구원해줄 사람이 자신밖에 없다는 사실을 직감했기 때문일 것이다. 생존을 보장해주는 어떤 조건도 없는 극한의 길을 떠나야만 하는 한 인간의 내면에서 들끓고 있는 감정은 회복에 대한 절박함 이외 다른 무엇도 아니리라. 아래로 떨어지는 인간이 완벽하게 몰락하지 않는 건 앞으로 걸어나갈 수 있도록 펼쳐진 길 때문이 아닐까. 밑으로 향하던 삶의 방향을 앞으로 바꿀 수 있는 인간은 생이 가해오는 어떤 충격파에도 너무 많이 상처받지 않을 수 있다. 그러고 보면 '절망하는 인간'의 역사는 길 위에 많이 빚지고 있는 것 같다. 길이 아니라면 이토록 하찮은 인간의 도전을 누가 다 받아줬을까. 길이 아니었다면 인간이 도대체 어떤 방법으로 자신을 용서하고 자신과 화해할 수 있었을까.

영화 〈와일드〉는 길 끝에서 끝난다. 갖은 고행을 거쳐 종착점에 도달했을 때 화면 위로는 바람처럼 내레이션이 불어와 체력이 바닥난 셰릴에게 희미한 여명 같은 삶의 신비와 생기를 보여준다. 내레이션은 미래의 그녀가 하는 말로 채워져 있다. 이 영화의 엔딩은 아직 오지 않은 미래가 현재의 고통에 들려주는 위로의 목소리라고 할 수 있겠다. 잘살고 있는 미래의 '나'는 힘들어하고 있는 현재의 '나'에게 가장 큰 희망이다.

"종착점에 닿기 전까진 어딘지도 모르고 걸었다. 수도 없이 감사하다고 되뇌었다. 길이 준 가르침과 나도 모를 미래에 대해. 내 인생도 모두의 인생처럼 신비롭고 돌이킬 수 없고 고귀한 존재다. 진정으로 가깝고 진정 현재에 머물며 진정으로 내 것인 인생. 흘러가게 둔 인생은…… 얼마나 야성적이었던가."

말장난처럼 들릴지도 모르겠지만 엔딩은 끝이 아니다. 엔딩이 비극적이라고 느끼는 건 여기가 끝이라고 생각할 때다. 끝이라는 느낌은 언제나 깊이를 헤아릴 수 없을 만큼 극렬한 상실과 절망, 요컨대 참혹한 감정과 함께 오니까. 끝난 것 같았지만 실은 끝이 아니었다고 말해주는 엔딩은 희망을 이야기하는 가장 전형적인 방법일지도 모르겠다. 그러나 별다를 것 없는 인간인 나는 그 희망이 너무나도 간절해서 이 영화의 마지막 장면을 셀 수 없을 만큼 여러 번 돌려봤다.

흘러가게 둔 인생이 야성적이라는 말은 아무것도 하지 않고 그저 기다리라고 장려하는 문장이 아니다. 망가지기 위해 강물을 거스르며 애쓰는 것보다 슬픔이 자신을 지나가도록 내버려두는 것이야말로 고통스러운 경험을 통해 더 많은 감정을 품는 성숙한 인간으로, 고통을 아는 인간으로 성장할 수 있는 방법이다. 그러니 흘러가게 둔 인생이란 모든 슬픔을 다 맛보겠다는 용기와 인내로 완성된 단단하고 성숙한 인생의 다른 말이기도 하다.

상처가 능력이 되려면 슬픔으로부터 도피하지 않을 수 있는 용기가 필요하다. 이를테면 수천 킬로미터를 걸으며 자신과 마주할 수 있는 마음 같은. 슬픔을 막으려고 애쓰는 힘보다 슬픔을 다 경험하자고 마음먹고 슬픔에 온몸을 내어주는 것이 더 강한 힘이다. 그 힘이 우리를 진짜 강한 사람으로 만들어줄 것이다. 인생이 흘러가도록 내버려두는 사람이 야성적이라는 말의 뜻은 그런 것이리라. 나도 슬픔을 아는 야성적인 사람이 되고 싶다.

셰릴은 혼신의 힘을 다해 3개월간의 여정을 마친다. 길 위에 서면 종착점에 도착할 때까지 앞으로 걸어나가야 한다. 더이상 물러설 수 없는 막다른 곳에 섰을 때 인간은 한번쯤 자신이 가진 모든 것을 걸고 알 수 없는 길 위에서의 모험을 감행할 것을 요구받는다. 주저앉을 때도 있고 포기하고 싶은 순간도 있지만 어쨌든 포기하지 않고 주어진 길을 걸어내는 것. 하나의 끝이 새로운 시작이 되기 위해서는 끝과 시작을 연결하는 길을 계속해서 걸어야 한다는 것. 포기하지 않으면 길은 계속되고 새로운 인생은 내일이 오는 것처럼 아무렇지 않게 다가올 것이다.

오늘의 책 :   어느 개의 죽음

지은이 :   장 그르니에

옮긴이 :   윤진

출판사 :   민음사

발행일 :   2020년 10월 23일

오늘의 엔딩 :   숨이 끊어지는 모습은 지켜보기 힘들다.

하지만 당신은 사랑 때문에 그렇게 할 수도 있다.

오늘의 노트 :   고통스러운 끝이 기다리고 있다는 것을

알면서도, 그 길로 가겠다고 선택할 수 있는

인간은 얼마나 하찮고도 위대한 존재인지.

no. 25

반려동물이 세상을 떠나면 남겨진 자들은 깊은 슬픔에 잠긴다. 그 고통은 말 그대로 '잠기는' 고통이어서 슬픔을 뚫고 나와 이전처럼 숨쉬는 데에는 긴긴 시간이 필요하다.

5년 전이었을까. 서점에서 책을 둘러보던 중 김병종 화가가 쓴 그림 에세이 『자스민, 어디로 가니?』를 읽게 됐는데 지나가던 사람들이 쳐다보는 줄도 모르고 주룩주룩 눈물을 흘렸던 적이 있다. 흰 바탕에 먹으로만 담백하게 그린 강아지의 이름은 자스민이었다. 김병종 화가가 그린 자스민은 구석구석 사랑스러웠고 자스민을 아끼는 김병종 화가와 고故 정미경 작가 그리고 그들 자녀의 마음은 구석구석 다정했다. 16년을 함께한 자스민이 죽은 후 김병종 화가는 해소되지 않는 슬픔을 체험한다. "고통은 언어를 얻고 나면 이슬처럼 증발한다. 그 누구보다 불행한 사람들인 예술가들은 그래서 가장 동정받을 이유가 없는 사람들이다."

예술가였던 그는 잊을 수 없는 괴로운 마음을 차라리 추억을 되새기는 데 쓰기로 한다. 당연히 쉽지 않은 일이었을 것이다. 그러나 피할 수도 없는 일이었으리라. 더 남은 아쉬움이 없도록 모든 그리움을 다 느껴버리는 건 남겨진 사람, 더욱이 슬픔에 잠긴 사람이 택할 수 있는 유일한 애도의 행위였을 테니까. 모두가 애도를 알지만 누구나 애도할 수 있는 것은 아니다. 애도는 사랑이 지닌 최후의 능력이다.

알베르 카뮈가 존경하는 스승으로 더 알려진 철학자 장 그르니에의 산문집 『어느 개의 죽음』을 집어들었을 때 나는 알아버렸다. 이 책을 읽으면 5년 전 그날처럼 슬퍼질 거라는 사실을. 어쩌면 울게 될지도 모른다는 예감이 무섭게 내 몸을 휘감았던 건 이 글이 어떻게 끝날지, 그 엔딩을 알고 있기 때문일 수 있겠다. "그는 죽는다. 확실하다." 반려동물과 함께하는 삶을 선택한다는 건 그들의 시작과 끝, 탄생과 소멸을 온전히 함께한다는 뜻이다.

『어느 개의 죽음』은 그르니에의 반려견 타이오와 보낸 마지막 나날들에 대한 단상으로 이루어진 책이다. 모두 90개의 짧은 글로 구성됐고, 각각의 글에는 노견과 보내는 마지막 시간에 그가 느낀 애틋하고 미안하고 고마운 마음이 조금의 꾸밈도 없이 쓰였다. 그 담백함이 마치 흰 바탕 위에 그어진 먹과도 같다. 또한 개의 죽음을 넘어, 신과 인간, 삶과 죽음, 밝음과 어둠 등의 이분법적 세계를 넘나들며 부정적 세계의 초극, 초탈을 표현한다.

어떤 끝은 미지의 것이 아니다. 시작할 때부터 알게 되는 끝. 뻔히 다 보이는 끝. 반려동물과 함께하는 삶이 바로 그렇다. 내가 아는 많은 사람이 반려동물의 죽음을 경험한 이후 두 번 다시 동물과 함께 살지 못할 것 같다고 말한다. 죽음을 지켜보는 일이 너무 고통스러웠기 때문이다.

그런데 동물과 함께 살아가며 경험하게 될 마지막 순간에 대해 이야기하는 이 책은 그 고통을 지켜보는 것이 사랑의 행위라고 말한다. 고통을 끝까지 지켜보는 시간으로 말할 수 있는 '사랑'이란 어떤 것일까. 그 시간을 견디어내는 것만을 뜻하는 게 아니다.

사랑에 끝이 있는 것처럼 끝에도 사랑이 있다. 그러나 끝을 사랑하는 데에는 담대한 마음이 필요하다. 오래 갈고닦은 노력도 필요하다. 아우슈비츠 수용소 생존자이자 『죽음의 수용소에서』를 쓴 세계적인 심리학자 빅터 프랭클은 '로고테라피'라는 개념을 통해 끝으로 상징되는 '절망'을 사랑할 방법을 설파했다. 그는 의미를 발견함으로써 어떤 극악한 비극에서도 희망을 발견할 수 있다고 말했다.

로고테라피의 방식을 따르면 인간은 의미를 발견하고 창조해냄으로써 자신을 자신으로부터 구할 수 있다. 의미를 다른 말로 바꾸면 담대한 마음이라고 불러볼 수도 있을 것이다. "믿음은 당신이 보는 것으로부터가 아니라 당신 자신으로부터 와야 한다."

의미를 발견하는 것은 애도의 다른 이름이기도 하다. 애도가 사랑이 지닌 최후의 능력인 것처럼 의미를 발견할 수 있는 능력이 우리로 하여금 힘든 시간을 견디어낼 수 있도록 해줄 것이기 때문이다. 의미를 읽어낼 수 있으니 힘들 줄 알면서도 기꺼이 그 힘듦을 선택하기도 한다.

　인간의 장점을 한 가지 꼽으라면 나는 주저하지 않고 고통을 선택하는 어리석음이라고 말하겠다. 고통스러운 끝이 기다리고 있다는 것을 알면서도, 그 길로 가겠다고 선택할 수 있는 인간은 얼마나 하찮고도 위대한 존재인지. 우리는 오직 사랑하는 행위를 통해서만 우리 자신일 수 있다는 말의 불길이 좀처럼 사위지 않는다.

오늘의 책 :   내 휴식과 이완의 해

지은이 :   오테사 모시페그

옮긴이 :   민은영

출판사 :   문학동네

발행일 :   2020년 3월 20일

오늘의 엔딩 :   저기 그녀가, 한 인간이,

미지의 세계로 뛰어들고 있다.

그녀는 완전히 깨어 있다.

오늘의 노트 :   끝은 초인종을 누르지 않는다.

no. 26

끝은 초인종을 누르지 않는다. 누가 왔는지, 문을 열어줄지 말지, 우리는 아무것도 예견하거나 대비할 수 없다. 끝은 차라리 뒤에서 나타난다. 불현듯 다가와 지금에 끝을 선고해버린다. 고장난 비상벨처럼 아무렇게나 시끄럽게 울려대며 무엇도 믿을 수 없게 하는 끝. 믿을 수 없다는 공포야말로 갑작스레 찾아온 끝이 보여주는 유일한 얼굴일지 모른다.

두 손에 끝이라는 순간을 받아들고 나면 지나간 모든 시간이 끝을 부른 원인이라는 생각이 들어 마음은 온통 후회와 자책으로 가득해진다. 그때 그러지 말았어야 했다고 후회하는가 하면 그날이 문제였던 것 같다고 자책하기도 한다. 소용없는 일이다. 결말을 만드는 건 어떤 사건이 아니라 그 사건이 생길 수밖에 없었던 수많은 조건이니까. 수많은 조건이기에 어떤 소리도 형성하지 못한 채 천천히 다가와 놀랄 만한 한순간을 만들었을 것이다.

이야기가 좋은 건 끝이 다가오고 있다는 걸 알 수 있다는 데에 있

다. 마지막 순간에 이르면 펼쳐지던 이야기들이 한데 모여들기 시작
하고 앞에서는 보이지 않았던 새로운 길도 보인다. 끝은 우리에게 고
통을 주지만 고통에도 끝이 있다면 그건 그대로 불행 중 다행이다.
엔딩을 학습하는 일은 끝이 주는 고통도 끝날 수 있다고 믿도록 훈련
을 거듭하는 일인 것 같기도 하다. 어려운 끝이 주어질 때마다 이 책
의 첫번째 글을 상상하는 것도 조금 도움이 된다. 가장 좋은 결말은
좋지도 않고 나쁘지도 않은 것이며 대개 우리의 끝은 나쁘기만 한 것
도 아니고 좋기만 한 것도 아니라는 사실 말이다.

오테사 모시페그의 『내 휴식과 이완의 해』는 동면에 들고 싶어하
는 어느 젊은 여성이 6개월 동안 수면 상태에 있기 위해 적극적으로
노력하는 이야기다. 누구나 한번쯤 이런 생각을 해봤을 것이다. 아무
것도 인식하고 싶지 않고 어떤 것도 느끼고 싶지 않을 때 그저 수면
이라는 정지 상태에서 시간을 보내고 싶은 욕망. 수개월이 지나고서
깨어나면 시간은 흘러가 있고 잠들기 전 나를 힘들게 했던 감정도 시
간의 흐름과 함께 아물어 있기를 바라는 환상 동화 같은 이야기. 시
간의 흐름을 모른 채 흘러간 시간 위에 다시 올라탈 수 있다면 삶이
좀더 쉬워질까. 괴로움을 온몸으로 통과하지 않은 채 지나갈 수 있다
면 생이 좀더 견딜 만해질까.

누구나 한번쯤 떠올려봤을 것 같은 상상을 1981년생 작가가 현실
화했다. 주인공은 꼬박꼬박 심리 상담을 받으며 거짓으로 불면을 호
소해 수면 유도 약물을 처방받는다. 하나둘씩 모은 약, 현실에는 존

165

재하지 않는 그 약물을 먹으면 사흘 동안 잠들 수 있다. 깨어나면 또 먹고 깨어나면 또 먹으며 지속 가능한 동면 프로젝트를 실행에 옮길 수 있다. 그리고 마침내 그녀는 긴 잠으로 이동한다. 휴식과 이완의 시간을 위해.

그녀는 부모님을 잃었고 사랑하는 연인과 이별하고서 그를 잊지 못하고 있다. 모든 것이 산산이 부서지고 나서 상실을 비롯한 부정적 감정을 처리할 수 없어 수면으로 도피하고자 하는 마음을 두고 무책임한 상상력이라고만 말할 수는 없다. 그녀가 도모하는 이 수면으로의 탈출은 죽음이 아니기 때문이다.

그녀의 수면은 삶이 진정으로 살 만한 가치가 있는 것인지 확인하기 위해 자신에게 충분한 휴식과 이완의 시간을 선물하는 행위다. 피할 수 없는 것을 대면하기 위해 잠시 잠깐 자신을 쉬게 하는 걸 보고 도피라 부를 수는 없을 것이다.

잠들기 위해 최선을 다한 주인공은 잠에서 깨어나 추락하는 여성을 보고 경외감을 느낀다. 수면을 위해 질주하던 주인공이 마지막에 이르러 각성하는 장면은 상상 이상으로 감동적이다. 미지의 세계로 뛰어드는 사람은 무너지는 쌍둥이 빌딩에서 탈출하기 위해 자신의 몸을 던진 여성이다. 소설의 시간은 2000년 9월에서 2001년 9월까지. 배경은 뉴욕. 우리가 아는 것처럼 쌍둥이 빌딩이 무너진 때가 바로 2001년 9월이다.

가만히 있으면 죽음밖에 없는 상황에서 우리가 할 수 있는 것은 삶과 죽음이 공존하는 미지의 세계로 뛰어드는 일이다. 다가오는 것이 기쁨일지 고통일지 알 수 없는 세계를 향해 발을 내딛고, 그 미지의 공기 속에 호흡을 내뱉는 일이다. 끝은 소리 없이 다가온다. 하지만 소리 없이 다가와 벨을 울려대는 그 끝을 마주한 내가 어떤 선택을 할지는 우리 자신의 손에 달렸다. 주어진 끝이 가져다주는 슬픔에 압도당할지, 미지의 어둠 속으로 한발 더 걸어나갈지. 끝에서 끝맺을지, 끝에서 시작할지.

오늘의 책 :   일곱 해의 마지막

지은이 :   김연수

출판사 :   문학동네

발행일 :   2020년 7월 1일

오늘의 엔딩 :   그때까지도 기행은 어디에서도 오지 않고,

어디로도 가지 않는다는 천불에 휩싸여

선 채로 타오르는 숲을 바라보고 있었다.

오늘의 노트 :   모든 것이 재로 바뀌는 소멸의 시간이

새로운 존재의 탄생을 예비하듯

적극적으로 하지 않는 무위의 시간도

들끓는 생성의 시간일 수 있다.

no. 27

김연수의 아름다운 소설『일곱 해의 마지막』은 경이로운 눈으로 천불을 바라보는 장면에서 끝난다. '속에서 천불이 난다'고 할 때 그 천불이 맞다. 어릴 적 나도 이 말을 정말 많이 들었다. 속에 천불이 난다는 말을 입에 달고 살았던 사람은 다름 아닌 엄마다. 속을 들여다볼 수 없는 게 얼마나 다행인지. 오만 가지 기술이 다 나와도 사람 속을 들여다볼 수 있는 기술만은 내가 살아 있는 동안 안 나왔으면 좋겠다. 까맣게 타들어갔을 엄마 속을 보는 건 너무 슬픈 일일 테니까. 아는 게 힘이고 권력인 세상이지만 모르는 게 더 나은 것도 있다. 가까운 사람의 아픈 역사는 희미하게 짐작만 하고 싶다. 고통을 나눈다는 건 말처럼 쉬운 일이 아니다. 나눌 수 없는 고통은 차라리 모르고 싶은 내가 덜 자란 이기주의자라는 비난에는 변명의 여지가 없다.

엄마에 대한 이야기만 나오면 이렇게 길을 잃는다. 천불에 대한 이야기를 이어가자면, 천불 소리를 그렇게 많이 듣고도 그 말의 뜻을 이제야 알았다. 단순히 불을 강조하는 뜻으로만 알고 있었던 것이다.

천불은 하늘이 내린 불을 의미한다. 화전민들이 개간하기 위해 피우는 불을 지불이라고 하는데, 지불은 땅속뿌리로 타들어가 100일이 넘도록 하얀 연기를 뿜어내는 보이지 않는 불이다. 천불은 지불과 정반대다. 말하자면 무의미, 무목적, 무제한. 저절로 생겨나 숲 전체를 시커먼 숯으로 만들어버리는 천불은 인간을 향한 자연의 징벌처럼 느껴진다.

그런데 화전민들은 천불을 무서워하지 않았다고 한다. 이유를 알 수 없는 거대한 재난 앞에서 화전민들이 느낀 것은 공포나 분노가 아니라 생에 대한 경외감이었다는 것이다. 그렇다면 천불을 보며 "생을 향한 어떤 뜨거움을, 어떤 느꺼움을 느낀다"는 사람들의 시선을 보여주는 이 소설의 엔딩을 완전한 죽음 이후에 다시 태어나는 재생의 엔딩이라고 부를 수도 있겠다. 존재의 죽음에 이유가 없는 것처럼 천불이 나는 데에도 이유가 없다. 어디에서 오는지, 어디로 가는지 알 수 없는 압도적 불길은 기존의 세계를 집어삼킨다. 한 세계가 사라지면 그 위에 완전히 새로운 세계가 태어날 것이다. 죽음과 탄생의 반복은 비밀스러운 인생이 인간에게 허락하는 유일한 힌트다.

『일곱 해의 마지막』은 「나와 나타샤와 흰 당나귀」나 「남신의주 유동 박시봉방」 등 너무 토속적이어서 오히려 이국적으로 느껴지는 서정시를 쓴 백석의 알려지지 않은 7년에 대한 이야기다. 백석은 서른 살도 되기 전에 한반도에서 가장 뛰어난 서정 시인으로 입지를 굳힌다. 그러나 백석은 당으로부터 혁명에 반하는 순수문학에 빠져 사회주의 리얼리즘을 이해하지 못하는 문제적 예술가로 찍힌다. 그야말로 당의 눈 밖에 난 백석은 일찍이 가본 적도 없는 삼수로 쫓겨난다. 어느 날 갑자기 낯선 땅에 떨어진 백석은 시를 쓰던 손으로 양을 친다. 알려지지 않은 7년이란 백석이 당의 목소리를 반영하는 시이자 그의 마지막 시이기도 한 「석탄이 하는 말」을 발표한 시점으로부터 7년을 역산한 시간을 말한다. 그 시간에 백석은 쓰지 않았다. 이 소설은 쓰지 않을 수 있는 용기에 대한 이야기다.

쓰지 않을 수 있는 용기란 말은 이상하게 들릴지도 모르겠다. 세상에서 시를 제일 잘 쓰는 사람이 외부의 힘에 의해 더이상 시를 쓸 수 없는 상황에 이르렀을 때, 그가 써야 할 것이 무엇인지는 그야말로 뻔하다. 그 시절의 분위기에 맞는 글, 당의 기대를 충족시켜주는 글, 목적과 의미로 가득한 제한적인 글. 요컨대 모든 점에서 천불과 상반되는 글. 원하지 않는 글을 쓰는 것보다 쓰지 않는 편을 선택하는 일은 어렵고 고귀하다.

"아무런 표정을 짓지 않을 수 있는 것, 어떤 시를 쓰지 않을 수 있는 것, 무엇에 대해서도 말하지 않을 수 있는 것. 사람이 누릴 수 있는 가장 고차원적인 능력은 무엇도 하지 않을 수 있는 힘이었다."

하지 않는 것은 해야 할 것이 무엇인지 정해져 있는 시대를 살아가는 인간이 저지를 수 있는 최선의 반항이다. 봐야 할 것을 보지 않고 말해야 할 것을 말하지 않는 것. 하지 않는 것을 하는 선택이야말로 '완전한 자유' 의지다. 그러므로 쓰지 않았던 백석의 시간은 실패의 시간이 아니다. 천불이 나고 모든 것이 재로 바뀌는 소멸의 시간이 새로운 존재의 탄생을 예비하듯, 적극적으로 행하지 않는 무위의 시간은 차라리 새로운 '나'를 준비하는 들끓는 생성의 시간이다. 천불의 씨앗을 내 마음속에 심어본다. 활활 타오르는 불길 속에서 무엇이 사라지고 탄생할 수 있을까. 두려운 게 있다면 죽음과 탄생이 반복되지 않는, 죽지도 태어나지도 않는 삶일 뿐이다.

오늘의 책 :	도둑맞은 가난
지은이 :	박완서
출판사 :	민음사
발행일 :	2005년 10월 1일
오늘의 엔딩 :	나는 우리가 부자한테 모든 것을 빼앗겼을 때도 느껴보지 못한 깜깜한 절망을 가난을 도둑맞고 나서 비로소 느꼈다. 나는 쓰레기 더미에 쓰레기를 더하듯이 내 방 속에, 무의미한 황폐의 한가운데 몸을 던지고 뼈가 저린 추위에 온몸을 내맡겼다.
오늘의 노트 :	나는 틀림없이 가난하지만 이 가난은 결코 나를 침범하지 못한다.

no. 28

도스토예프스키는 돈을 증오했다. 돈이 없었기 때문이다. 부자 도스토예프스키였다면 달랐을까? 모를 일이지만 증오하진 않았을 것 같다. 증오를 키우는 건 상처다. 상처는 종종 결핍에서 비롯된다. 돈이 없어서 상처받고 상처받은 사람은 돈을 증오한다. 돈을 증오하니 돈을 멀리하고 돈을 멀리하니 돈은 계속 부족하다. 가난과 증오는 서로의 꼬리를 물고 놓아주지 않는다. 빠져나올 수 없는 수렁의 형국이 된다. 가난은 죄가 아니다. 맞는 말이다. 가난은 벌이기 때문이다. 짓지도 않은 죄에 대한 형벌.

나도 돈을 많이 벌고 싶다. 가능한 한 많이 벌고 싶다. 돈이 좋아서 그런 건 아니다. 갖고는 싶지만 좋아하는 건 아니라는 말이 이상하게 들릴지도 모르겠다. 그럼 이렇게 말하면 어떨까? 좋아하기 때문이 아니라 무서워하기 때문이라고. 가난은 벌이고 나는 벌받고 싶지 않다. 돈이 많다고 상처 없는 삶을 사는 건 아니지만 돈이 있으면 상처를 줄일 수 있다. 삶을 향해 달려드는 무차별적 모멸을 조금은 통제할 수 있다. 돈이 없는 게 무섭다는 말은 돈이 무섭다는 말과 다를 게 없다. 그러니까 내가 돈을 벌고 싶은 건 돈이 무섭기 때문이 맞다. 좋아하지는 않지만 갖고 싶은 게 있다면 돈이 유일하다. 이런 게 또 있다면 정말로 불행할 거다.

박완서가 1975년에 발표한 단편소설 「도둑맞은 가난」은 스스로를 쓰레기라고 칭하는 비참한 장면으로 끝난다. "쓰레기 더미에 쓰레기를 더하듯이"라는 표현은 충격적일 만큼 자조적이다. 춥고 황폐한 방을 쓰레기 더미에, 쓰레기 더미가 아니면 제 한몸 누일 곳 없는 막다른 존재인 '나'를 쓰레기에 비유하고 있기 때문이다. 그렇다면 이 소설은 가난에 대한 증오를 다룬 작품일까. 오히려 그 반대다. 남들 눈에는 비루하기 짝이 없는 이 집이 불행의 상징처럼 보이지만 '나'에게 이 집은 그렇듯 시시한 불행의 증거가 아니다. '나'는 틀림없이 가난하지만 이 가난은 결코 '나'를 침범하지 못한다.

'나'는 어느 날 갑자기 혈혈단신이 된다. 아버지의 사업 실패로 가세가 기울어 극심한 가난에 빠진 가족은 가난 앞에 덜덜 떤다. 가난한 삶에 상처받고 가난한 삶을 증오한다. 그러다 결국 연탄불을 피우고 문틈을 꽁꽁 봉한다. "나만 빼놓고 자기들끼리만 죽어 있었다"고 말하는 '나'의 냉소적인 목소리에는 자신만은 실패하지 않을 거라는 결기가 묻어 있다. '나'는 결코 죽지 않을 거라는 마음, 가난에 상처받지 않겠다는 마음, 가난을 증오하지 않겠다는 마음, 가난을 무서워하고 두려워하여 끝내 도망쳐버린 가족의 선택을 반복하지 않겠다는 마음. '나'는 가난에 자부심마저 갖는다. "내 가난은 나에게 있어서 소명이다." 그런 '나'였다. 실패하면 안 되는 이유가 너무 많은 '나'였고 흔들리지 않는 '나'였다. 이렇게 비참한 결말은 그의 삶에 부당하다.

다시 엔딩컷으로 돌아가보자. 가난에 끌려가고 싶지 않은 마음으로 안간힘을 다해 삶을 끌고 왔던 주인공이 결국에는 털썩 주저앉는다. 바닥 모르고 떨어진다. 자신을 연민할 수 있는 사람은 이 세상에 오직 자신뿐이라는 믿음이 깨어지는 순간 '나'도 함께 무너진다. 무너짐의 결정적 계기는 상훈이다. 진심으로 좋아했고, 가난한 줄 알았고, 그래서 더 좋아했고, 함께 살며 미래를 꿈꿨던 상훈이란 존재의 반전이 '나'를 충격에 빠뜨린다. 상훈에게 '나'와 함께한 시간은 부잣집 아들의 밋밋한 삶을 다채롭게 만들어주는 이색 체험일 뿐이었다. '나'의 가난이 대상화된 것과 마찬가지로 '나'의 사랑도 타자화되었다. 대상화되고 타자화된 사랑은 더이상 '나'의 것이 아니다. 가난을 부끄러워할 줄 알아야 한다고 잘난 척하는 상훈에게 '나'는 다 포기한 사람처럼 대꾸한다.

"암 부끄럽고 말고. 부끄럽다. 부끄럽다. 부끄럽다. 당장 이 몸이 수증기처럼 사라질 수 있으면 사라지고 싶게 부끄럽다. 부끄럽다." 여섯 번이나 반복해서 말하는 부끄러움이 의미하는 건 뭘까. 상훈을 사랑한 자신이? 가난조차 독점할 수 없는 자신의 무력함이? 아직도 나는 인간에게 경이를 느낀다. 탐욕스럽고 이기적이고 먼 미래 따위

볼 줄 모르고 자신이 파괴하고 있는 것이 무엇인지도 모르는 인간이 그래도 괜찮은 존재라고 생각한다. 인간만이 상처를 해석할 수 있기 때문이다. 상처와 슬픔은 인간을 파괴하려고 하지만 인간은 상처와 슬픔을 품고도 살아갈 수 있다. 그러나 그때 그 상처와 슬픔은 오직 나의 상처, 나의 슬픔이어야 한다. 그때에야 슬픔도 상처도 자랑이 될 수 있다. 그때에야 '내 슬픔은 나에게 소명'이라고 말할 수 있다.

가난을 도둑맞은 후 집은 더이상 그 집이 아니고 가난도 더이상 그 가난이 아니다. 악착같이 꾸려왔던 노력이 한순간에 쓸모없는 것이 되어버리는 물거품의 엔딩. 물거품은 최악의 끝이다. 순식간에 다 사라져버리는 찰나는 가혹하다못해 잔혹하다. 그러나 흔적을 남기지 않고 사라지는 물거품에 대한 절망은, 거꾸로 상처와 슬픔의 흔적이 얼마나 중요한 것인지 알려준다. 우리가 우리 자신이 될 수 있는 것은 타인의 눈으로는 결코 해독할 수 없는 나만의 슬픔, 나만의 상처가 있기 때문이다. 상처받은 마음에 신을 원망하고 싶을 때, 아주 가끔 이 소설의 마지막 장면을 생각한다. 모든 걸 잃어버려도 괜찮았던 주인공이 슬픔을 잃어버렸을 땐 주저앉고 말았던 마지막 장면이 종종 나를 일으켜 세운다.

오늘의 책 :	광인일기(『뻬쩨르부르그 이야기』)
지은이 :	니콜라이 고골
옮긴이 :	조주관
출판사 :	민음사
발행일 :	2002년 9월 15일
오늘의 엔딩 :	엄마! 이 병든 아들을 가엾게 여겨 주세요!······ 알제리 총독의 코밑에 혹이 있는 것을 아세요?
오늘의 노트 :	어느 미친 인간의 무질서한 기록이 아니라 어느 미친 시대에 대한 정교한 일기.

no. 29

니콜라이 고골의 「광인일기」는 밑도 끝도 없이 등장한 난감한 문장으로 끝난다. 이 소설의 마지막 문장은 광기 그 자체다. 뜬금없이 알제리 총독의 코밑을 운운하는 상황은 결말로 치달으며 주인공을 향해 샘솟았던 일말의 연민에 재를 뿌린다. 병든 아들을 가엾게 여겨 달라고 애절하게 매달리는 주인공이 그리워하고 무서워하고 슬퍼하는 모습에 마음이 흔들리지 않을 사람은 많지 않을 것이다. 나도 그랬다. 그러나 그뿐이다. 갑자기 앞의 이야기와 어느 한구석도 닮은 데가 없는, 그러니까 아무 상관도 없는 이야기로 멀리뛰기 해버리면서 물기 어렸던 마음에는 다시 전운이 감돈다. 느낌표와 말줄임표 그리고 물음표로 이어지는 광활한 비약의 상관관계 앞에서 아연해지지 않을 사람이 있을까. 어쩌면 다 같이 이렇게 생각하고 있을지도 모른다. 역시 미쳤네. 확실히 미쳤어. 「광인일기」는 독자의 연민을 바라지 않는다.

알제리 총독의 혹에 대한 생각이 어디에서 왔는지, 느닷없이 등장한 혹 이야기가 가려고 하는 곳이 어디인지, 우리는 알 수 없다. 그리고 끝내 알 수 없을 것이다. 그건 우리만의 문제는 아니어서 이렇게 황망하게 소설을 마친 고골 자신도 알 수 없기는 마찬가지였을 것이다. 맥락 없이 존재하는 난감하고 뜬금없는 엔딩은 고골 그 자신의 삶과 닮았기 때문이다.

정신착란에 시달리다 비참하게 생을 마감한 그의 언어도 자주, 실은 항상 이렇게 길을 잃었다 한다. 꿈에서 막 깨어난 사람은 시공간에 대한 감각이 마비된 것처럼 일시적 정지 상태가 된다. 꿈속에 있는 것도 아니고 현실에 있는 것도 아닌 진공의 존재가 된다. 이런 정지 상태가 일상이었던 삶이 견뎌야 했던 고통은 쉽게 가늠되지 않는다. 「광인일기」의 무질서한 기록들은 고통 속에서 살다 더한 고통 속에서 죽어간 고골이 남긴 영혼의 발자국 같다.

「광인일기」는 14등급으로 나뉘어 있던 러시아 관등 체계 아래에서 살아가던 하급 관리가 서서히 이상해지다 급기야 완전히 미쳐가는 과정을 그린 소설이다. 국장 집 서재에서 거위털 펜을 깎는 것과 같은 하찮은 일을 하는 그의 이름은 포프리시친이다.

그는 두 가지 절망에 사로잡혀 있다. 첫번째 절망은 가진 재산이 없고 내보일 만한 가계도 역시 없다는 것이다. 한마디로 신분 상승에 대한 희망이 없다. 두번째 절망은 국장의 딸을 좋아하는 것이다. 좋아하지만 이루어질 수 없는 사랑이라는 게 문제다. "자넨 땡전 한 푼 없잖나." 사람들 눈에 그는 '마흔이 넘어 지혜도 없는 주제'에 국장

따님에게 지분거리는 주제 파악 못하는 '노바디nobody'다.

전해지는 바에 따르면 고골은 혼자 있는 걸 끔찍이도 싫어하는 사람이었다. 그렇다면 함께 있는 건 좋아했을까. 누군가와 함께 있는 건 혼자 있는 것보다 더 무서워했다고 한다. 혼자 있을 수도 없고 같이 있을 수도 없는 절망에 빠진 사람은 자신의 내면으로 들어가 그 안에서 거대하고 완벽한 그리고 세상과는 철저하게 단절된 새로운 세계를 만들기 시작한다.

현실에서 그는 아무도 아니지만 자신이 만든 세상 속에서 그는 누구든 될 수 있다. 공상의 시작이다. 그러나 공상이 본격화할수록 병증도 심해지는데, 그의 세상과 현실의 간극이 점점 더 커지는 식이다. 각하라 부르는 국장 앞에서 그는 자꾸 혀가 헛돌거나 혀가 꼬인다. 할 수 있는 말이라고는 날씨가 춥다거나 따뜻하다거나 하는 것뿐이다. 다른 말은 절대 못한다. 그가 듣고 참여할 수 있는 상대는 네프스키 거리에서 들은 강아지 두 마리, 즉 멧쥐와 피젤이 나누는 대화가 유일하다. 그중에서도 멧쥐는 그가 좋아하는 국장 딸의 강아지인데, 국장과 국장 딸에 대한 정보를 얻기 위해 두 마리의 개가 주고받은 편지를 읽는 장면에 이르면 그의 증상이 심상치 않다는 걸 알 수 있다. 편지를 읽다 국장 딸이 다른 사람과 결혼할 거라는 사실을 알게 된 그는 큰 충격에 빠진다. "이 세상은 더 나을 것이 없다. 시종무관이 아니면 장군이 모든 것을 차지하게 된다." 심화된 공상은 단계를 밟아가며 망상으로 나아간다.

어디에도 속하지 못한 그는 이제 자신을 동일시할 대상을 찾기 시작한다. 그때 눈에 들어온 사람은 스페인 왕이다. "스페인에 왕이 살아 있었다. 그가 발견되었다. 그 왕이 바로 나다." 광기의 삼단논법에 따라 그가 곧 스페인 왕이었음이 공표된다. 현실세계에서 결코 이룰 수 없는 꿈이 그의 세계 안에서 하나둘씩 이루어진다. 그의 내부 세계에서 그가 느끼는 만족이 커지면 커질수록 외부 세계와 그를 가로막는 벽은 높아진다. 망상에서 이어진 동일시는 비일상의 일상화를 고착시킨다. "여러분, 이젠 나를 속이지 마시오. 그 더러운 서류를 청소하지 않을 것이다."

내가 원하는 나와 현실의 나 사이에 존재하는 간극을 좁힐 수 없는 세상. 평생을 절망감 속에서 자신의 삶을 저주하며 살아가는 사람과 포프리시친처럼 남들 눈엔 광인이어도 내 안에서 완벽하게 행복을 느끼는 삶이 있다고 하자. 우리는 어떤 삶을 선택하고 싶을까. 후자가 아니라고 할 수 있을까. 아니, 후자가 아닐 자신이 있을까. 1800년대를 살았던 고골이 내놓았던 질문이 여전히 유효하다는 사실 앞에서 아연해지지 않을 사람도 많지 않을 것이다. 「광인일기」는 어느 미친 인간의 무질서한 기록이 아니라 어느 미친 시대에 대한 정밀한 기록이다. 이 슬픈 일기가 지금 우리에게도 유효하다는 사실이 조금 서글플 뿐이다.

오늘의 책 :	법 앞에서
지은이 :	프란츠 카프카
옮긴이 :	전영애
출판사 :	민음사
발행일 :	2017년 6월 30일

오늘의 엔딩 : 여기서는 다른 그 누구도 입장 허가를 받을 수 없었어, 이 입구는 오직 당신만을 위한 것이었으니까. 나는 이제 가서 문을 닫겠소.

오늘의 노트 : 선택하지 않고 선택되길 기다린 대가로 그는 '법'이 무엇인지 영영 알 수 없게 되었다.

no. 30

「법 앞에서」는 짧은 소설이다. 소설이 갖춰야 할 최소한의 요소가 무엇인지 알고 싶은 사람이라면 카프카의 짧은 소설을 읽어보면 된다. 갈등이 있고 그 갈등은 해결되지 않으며 해결되지 않음에는 아이러니가 있다. 아이러니는 모순이나 부조화를 뜻하는 말이다. 이렇게 말하니 아이러니가 별것 아닌 일상적이고 평범한 개념 같지만 우리 인생에서 아이러니를 인식하기란 사실상 매우 어렵다. 아이러니는 전체를 볼 수 있을 때, 결과가 전체 안에서 과정과 조화를 이루지 못하는 데 대한 인식이기 때문이다. 모순이나 부조화를 설명하기에 좋은 예시가 바로 이 짧은 소설의 마지막 장면에 있다. 순식간에 읽을 수 있지만 전체를 파악하기 위해 읽고 또 읽는 과정을 수없이 반복하게 되는 작품이다. 내용을 되짚어보면 다음과 같다.

어느 시골 남자가 법 앞에 도착한다. 그런데 문지기 한 명이 그가 가는 길을 가로막는다. 문지기가 말하길 언젠가 들어갈 수는 있지만 지금은 안 된다는 것이다. '지금은' 안 된다는 말이 족쇄가 되어 남자는 '언젠가'를 기다리는 데에 '지금'을 바친다. 기다리다보면 '언젠가'의 순간, 그러니까 법으로 다가갈 수 있는 순간이 올 거라는 믿음에서다. 남자의 기다림은 늙어 기력이 쇠할 때까지 계속된다. 그사이 남자가 무턱대고 기다리기만 한 건 아니다. 문지기를 매수하기 위해 갖고 있던 좋은 것을 모두 내어보기도 한 그였다. 덥석덥석 받아주는 문지기를 얼마나 집요하게 관찰했으면 외투 깃 속에 있는 벼룩까지 알아보게 될 지경이다. 쓸데없이 벼룩까지 알아보게 되는 동안 그는 살날이 얼마 남지 않은 노인이 되어 몸이 굳어간다. 어쩌면 마지막이라는 생각으로 남자는 문지기에게 묻는다. 이토록 오랜 시간 동안 어째서 자신 말고는 아무도 들여보내달라는 사람이 없었는지. 그러자 문지기가 대답한다. "여기서는 다른 그 누구도 입장 허가를 받을 수 없"다고. 왜냐하면 "이 입구는 오직 당신만을 위한 것"이기 때문에.

문지기의 마지막 대사를 해석하는 글들을 출력해 쌓으면 방 하나를 채우고도 남을 것이다. 철학자, 작가, 독자 할 것 없이 정말 많은 사람이 이 소설의 엔딩을 놓고 아이러니의 본질을 규명하려 애썼다. 여기서 그 애쓴 흔적에 대해 논할 생각은 없다. 법에 다가갈 수 있는 모든 형식적 조건이 다 있지만 그 조건은 사실상 행사되지 않는다는 이야기로 읽을 수도 있겠고 불가능한 일을 해낸 문지기의 업무 성과 능력에 대해 말할 수도 있을 것이다.

사실 요즘의 나는 문지기가 좀 대단해 보이기도 한다. 오직 그 사람만 지나갈 수 있는 길을 막고 서서 끝내 아무도 들어가지 못하게 하는 힘을 행사할 수 있는 존재라니. 문지기는 내가 아는 모든 소설 속 캐릭터 중에서 가장 적은 힘으로 가장 거대한 힘을 행사하는 존재다. 그는 시골 남자로 하여금 미래를 담보로 현재를 포기하게 만든 것이다.

「죄와 고통, 희망 그리고 진정한 길에 대한 성찰」이란 글에서 카프카는 이 소설의 핵심을 찌르는 것과도 같은 글을 남겼다. "너는 세상의 외로움으로부터 뒤로 물러설 수 있다. 그건 네 마음이고 네 본성에 따르는 일이다. 그러나 어쩌면 바로 이러한 물러섬이, 네가 피할수도 있었을 단 하나의 괴로움일 것이다."

시골 남자는 문지기의 말을 무시한 채 진입을 강행하지 못했고 문지기의 말을 받아들여 되돌아가는 선택을 하지도 못했다. 그는 그저 물러섰다. 온 곳으로 되돌아가는 것이 물러섬이 아니라, 아무것도 선택하지 못한 채 다른 상황이 도래하기만을 기다리는 것이 물러섬이다. 물러선 결과 법 앞에 서서 법에 종속된 삶을 살게 된 그는 자기 인생의 죄인이다. '인간적 죄악'을 저질렀기 때문이다.

인생은 B$birth$와 D$death$ 사이 C$choice$라는 말이 있다. 탄생에서 죽음에 이르는 길에 무수한 선택이 있으며 그 선택만이 우리를 보편 인간과 구분되는 단 하나의 실존적 인간으로 만든다는 것이다. 기다림도 선택일 수 있지만 자발적 기다림과 구분되는 종속적 기다림은 선택이 아닌 물러섬이다. 그는 막연한 미래를 기다리며 현재를 낭비한 대가로, 그러니까 선택하지 않고 선택당길 기다린 대가로, '법'이 무엇인지 영영 알 수 없게 되었다. 그것이 오직 자신만을 위한 길이었는데도 말이다. 물러선다면 '인생'이 무엇인지 영영 알 수 없을 것이다. 그것이 오직 나만을 위한 것이었음에도. 시골 남자의 기다림에서 자기 삶으로부터도 소외되어버린 무력한 인간의 자화상을 읽는다.

오늘의 책 :	정체성
지은이 :	밀란 쿤데라
옮긴이 :	이재룡
출판사 :	민음사
발행일 :	2012년 5월 18일
오늘의 엔딩 :	밤새도록 스탠드를 켜놓을 거야. 매일 밤마다.

오늘의 노트 : 불을 끄고 잠자리에 드는 건

오늘의 엔딩을 스스로 결정하는 것이다.

나는 무엇으로 인해 나일 수 있을까.

no. 31

『정체성』의 엔딩은 연인이 나누는 대화 장면이다. 베개 위에 목덜미를 기댄 장마르크와 그 위로 10센티미터쯤 고개를 숙인 샹탈이 스탠드 아래 머리를 맞댄 채 낮은 목소리로 속삭인다. 여자는 남자에게서 눈을 떼지 않겠다고 말한다. 쉴새없이 당신을 바라보겠다고. 눈을 깜빡거리는 순간 당신이 있던 자리에 다른 남자가 끼어들까봐 두렵다고. 그러자 남자가 여자에게 입을 맞추려 한다. 여자는 키스를 거부하며 다시 말한다. "아니, 그냥 당신을 보기만 할 거야." 그리고 이어지는 마지막 대사. "밤새도록 스탠드를 켜놓을 거야. 매일 밤마다."

머리맡에 놓인 스탠드를 끄지 않고 잠드는 건 내 오랜 습관 중 하나다. 불빛이 있으면 숙면을 취할 수 없고 숙면을 취하지 못하는 건 건강에 해롭다는 소리를 어딘가에서 들은 것 같다. 사실 어딘가에서 듣지 않았더라도 여러 가지로 좋을 리 없는 악습관이라는 것쯤은 짐작할 수 있다. 요즘은 불을 끄고 자려고 노력하는 편이다. 하지만 오래된 습관은 쉽게 고쳐지는 것이 아니어서 내가 사는 집은 밤새 스탠드가 켜져 있다. 불을 끄지 못하는 버릇의 시작은 본격적인 입시 레이스에 올라선 중학생 때로 거슬러올라간다.

그 시절 내게 수면은 싸워야 할 적이었으므로 불빛을 끄지 않는 건 수면에 굴복하지 않겠다는 의지의 표현이기도 했다. 지쳐 잠들 때까지 읽고 쓰고 외웠다. 스탠드 불빛을 끄는 건 자발적 숙면 상태에 돌입하겠다는 뜻이었으므로 불 끄기는 일종의 항복 행위라고, 내 무의식은 믿었던 것 같다. 습관이니 버릇이니 했지만 실은 강박이고 불안이었을 것이다. 잠드는 순간 아슬아슬하게 외웠던 것들이 사라져버릴지도 모른다는 불안. 지킬 수 없는 줄 알면서도 불빛에 의지하고 싶었던 무모한 강박. 이젠 절박하게 매달릴 시험 따위 없지만 그때 그 마음은 습관으로 남아 지금도 나는 좀처럼 하루를 끝내지 못하고 불도 못 끄는 미련쟁이가 되었다.

다시 엔딩 장면으로 가자. 어둠을 거부하는 샹탈의 말은 장마르크가 사라질까봐 두려운 마음을 내비치고 있지만 그녀가 정말 두려워하는 건 장마르크의 부재가 아니다. 사라질 수 있는 건 상대방이 아니라 상대방을 향한 자신의 시선. 장마르크에 대한 자신의 마음이다. 따라서 샹탈의 말이 가리키는 불안감은 기실 자기 자신의 불안감에 다름 아니다. 어둠 속에서도 붙잡고 있을 수 있는 자신의 시선, 즉 자신의 정체성을 붙들고 있지 못한 자의 근원적인 강박이 스탠드 불을 끄지 못하고 내내 방을 밝혀두는 이유인 셈이다. 불을 끄고 잠자리에 드는 건 내 손으로 오늘 하루를 끝내는 일이다. 오늘의 엔딩을 스스로 결정하는 것이다. 엔딩을 결정할 수 있는 사람은 불안과 강박을 안고 잠들지 않는다. 불빛이 없는 곳에서도 장마르크와 함께할 수 있다면 밤을 밝히는 불은 필요하지 않을 것이다.

쿤데라의 『정체성』은 서로 사랑하지만 서로를 확실하게 인식하고 감각하지 못하는 연인의 낯선 사랑 이야기를 보여주는 소설이다. 어린 아들의 죽음 이후 샹탈은 남편과 이혼하고 연하의 연인 장마르크와 살고 있다. 늙어가고 있는 자신의 모습에 불안감을 느끼던 샹탈은 어느 날 장마르크에게 말한다. "남자들이 더 이상 날 쳐다보지 않아." 장마르크는 샹탈의 말을 이해할 수 없다. "남자들이 더 이상 당신을 돌아보지 않는다고? 정말 그것 때문에 슬픈 거야?" "그래, 남자들, 남자들이 더 이상 나를 돌아보지 않아." 당황한 장마르크는 '시라노'라는 익명의 존재로서 그녀에게 연애편지를 보내기 시작한다. 그녀로 하여금 여전히 관심받고 있다는 느낌을 갖게 해 주기 위해서다. 그런데 장난삼아 보낸 편지를 받아보는 샹탈이 점점 더 시라노의 매력에 빠지자 장마르크는 자신이 만들어낸 가상의 인물에게 질투를 느낀다.

편지 사건과 함께 세 사람 사이의 경계는 무너진다. 시라노와 장마르크는 다른 사람일까. 샹탈에게 편지를 보낸 건 장마르크일까 시라노일까. 사실과 몽상, 현실과 비현실이 뒤섞이며 경계는 사라진다. 한 사람을 구성하는 정체성이란 무엇일까. 샹탈에게 필요한 것은 "사랑의 시선이 아니라 천박하고 음탕한 익명의 시선"일지 모른다고 장마르크는 생각하지만 정작 장마르크 역시 자꾸 샹탈을 알아보지 못한다. 꿈속에서 장마르크는 샹탈을 보고 뒤쫓아가지만 그를 향해 돌아서는 샹탈의 얼굴은 샹탈의 그것이 아니다. 꿈에서만 아니라 현실에서도 비슷한 일은 반복된다. 서로를 알아보지 못하는 이들의 모습은 인공의 빛이 없으면 자신도 타인도 확인할 수 없는 희미한 인간들의 가난한 채도를 반영한다. 나는 무엇으로 인해 나일 수 있을까.

"우리 종교는 생의 찬미야." 그러나 현실을 장악하는 건 권태로움이다. "권태에는 세 가지 범주가 있다. 수동적 권태. 춤을 추고 하품하는 소녀. 적극적 권태. 연 애호가. 반항적 권태. 자동차에 불 지르고 창유리를 깨는 젊은이들." 불을 켜는 것은 시선을 떼지 않는 최초의 방법일 수 있으나 시선을 유지하는 궁극의 방법일 수는 없다. 상대방을 발견하는 건 조도를 결정하는 조명의 일이 아니라 마음의 일이기 때문이다. 소설의 엔딩은 우리에게 이렇게 묻는 것 같다. "당신이 삶이라고 부르는 것은 무엇인가요?"

오늘의 영화 :	라스트 레터
감독 :	이와이 슌지
개봉일 :	2021년 2월 24일
오늘의 엔딩 :	서로가 동등한 위치에서
	귀하게 빛나던 이 장소를.
오늘의 노트 :	편지는 장소다.
	"서로가 동등한 위치에서
	귀하게 빛나는 장소". 편지를 쓰며 우리는
	무한대로 꿈꾸고 고백하고 후회할 수 있다.
	편지 쓸 때 우리는 반짝반짝 빛난다.

no. 32

영화 〈러브레터〉를 수도 없이 봤다. OST는 테이프가 늘어지도록 들었다. 카세트에서 아이팟으로, 아이팟에서 아이폰으로, 음악을 재생할 수 있는 플레이어는 꾸준히 변해왔지만 그때마다 변함없이 내 플레이리스트 목록 맨 밑에 자리 잡고 있는 곡은 '러브레터'였다. 너무 많이 들어서 이 영화 음악이 내 청춘의 BGM인 것 같은 착각마저 든다. 사연 있는 이별을 경험한 것도 아니면서 말이다.

열다섯 살 때부터 시작된 〈러브레터〉 사랑은 20년이 지난 지금까지 한순간도 쉰 적이 없다. 이따금 생각하지 않고 살 때도 있지만 그럴 때조차 잊은 적은 없었다. 왜 그렇게 좋았을까. 별로 특별할 것도 없는 이별 이야기잖아. 까마득하게 펼쳐진 새하얀 눈에 끌렸던 걸까. 아니면 허공을 향해 외치는 잘 지내냐는 안부 인사에?

〈러브레터〉는 사랑하는 사람을 잃고 그를 그리워하는 여자가 그가 중학생 때 좋아했던 여자와 편지를 주고받으며 상실감을 조금이나마 지연하는 이야기다. 편지를 보내는 입장에서는 남자의 어린 시절에 대해 들으며 그와 못다 한 시간을 보상받는 이야기이고, 편지를 받는 입장에서는 잊고 있었던 기억으로 들어가 그때는 미처 알지 못했던 자신을 향한 남자의 마음을 알게 되는 이야기다. 편지를 통해 두 사람은 잃어버린 것, 혹은 잊어버린 것으로부터 모종의 회복을 경험한다.

요약하면 이 영화는 죽은 남자가 과거에 좋아했던 여자와 현재에 좋아했던 여자가 나누는 대화 형식을 취하는 작품으로, 두 사람이 안부를 주고받는 사이 드러나는 건 어느 중학생들이 보낸 과거의 시간이다. 내가 그토록 좋아했던 건 아무것도 결정되어 있지 않아서 불안하지만 모든 게 다 가능하기에 막연히 꿈꿀 수 있었던 그 시절이었던 것 같다. 편지는 과거가 잠에서 깨어나는 공간이고 두 사람의 편지는 상실도 망각도 존재하지 않는 과거를 불러낸다. 편지의 부활은 과거의 부활이다.

내가 아는 어느 작가는 편지를 일컬어 인간의 형식이라고 말한 적 있다. 편지가 인간의 형식이라면 편지의 종말은 인간을 정의하는 한 형식의 종말일 것이다. 편지의 종말과 함께 사라진 인간 형식이란 과거와 대화하는 인간일 것이다. 모든 게 가능했던 과거와 어떤 것도 가능할 것 같지 않은 현재가 대화하는 미지의 시간과 공간. 편지를 통해 우리가 만나고 싶은 건 결국 자기 자신일 테니까.

이와이 순지의 신작이 개봉한다는 소식을 들었다. 그리고 그 작품이 〈러브레터〉의 후속작이란 말도 들었다. 정말 좋아하면 두려운 마음도 커진다. 실망할까봐 두렵고 두려워하는 자신의 모습에 실망할 자신이 또 두렵다. 누구라도 그렇지 않을까. 내 인생의 20년 동안을 함께했던 세계가 성장한 모습으로 갑자기 눈앞에 나타나면. 20년 동안 만난 적 없는 그 세계를 여전히 좋아할 수 있을지 걱정부터 앞서는 것이다.

〈러브레터〉가 눈 덮인 설원을 배경으로 침묵에 잠겨 있던 첫사랑의 기억을 소환하는 영화라면, 〈라스트 레터〉는 깊은 초록과 공기를 가득 메우고 있는 여름의 소리를 배경으로 끝나지 않은 사랑의 신비를 기억하는 영화다. 두 영화는 모두 중학생 시절 시작된 사랑이 지속된다는 이야기다. 영화를 보고 나서 곧장 원작 소설을 사서 읽었다. 소설을 쓴 것도 영화를 만든 것도 모두 이와이 슌지다.

이와이 슌지의 영화에서 우리는 종종 중학교 시절을 만나게 된다. 때로 그곳은 무자비하고 맹목적인 폭력의 현장이기도 하지만 그보다 더 많은 경우 그곳은 막연한 희망으로 가득한 희붐한 빛이 스며드는 가능성의 공간이기도 하다.

영화의 원작 소설인 『라스트 레터』의 엔딩은 주인공의 첫사랑이자 현재 죽고 없는 도노 미사키의 '졸업생 대표 송사'다. 이 송사는 두 사람이 함께 쓴 글로, '나'는 이 글을 고쳐준 뒤 미사키로부터 소설가가 되어도 좋겠다는 이야기를 듣는다. 자신이 쓴 글을 읽고 흡족해하는 미사키를 보며 소설가가 되기로 결심한 그는 지금까지, 그러니까 여전히, 미사키의 영향권에서 살아가며 미사키를 향한 자신의 마음에 드리운 구름의 정체가 무엇인지 확인하지 못한 채 소설을 쓰고 있다. 그가 쓴 모든 소설은 미사키에게 보낸 편지였다.

졸업식이 거행되는 체육관. 그곳에서 막연하지만 꿈꿀 수 있었던 시간들. 이 소설이 말하는 '서로가 동등한 위치에서 귀하게 빛나는 장소'가 나는 어쩐지 편지를 가리키는 말인 것만 같다. 내가 아는 한 작가에 의해 인간의 형식으로 명명된 편지를, 나는 서로가 동등한 위치에서 귀하게 빛나는 장소라고 부르고 싶다. 수신자에게 도착하지 않을 가능성, 글쓴 사람이 내가 생각하는 사람이 아닐 가능성…… 숱한 가능성 위에 눌러 쓰는 편지야말로 모든 것이 가능해서 불안하고 그래서 꿈꿀 수 있는 빛나는 하나의 장소인 것이다.

오늘의 책 :	엄마 걱정(『입 속의 검은 잎』)
지은이 :	기형도
출판사 :	문학과지성사
발행일 :	1989년 5월 30일
오늘의 엔딩 :	그 시절, 내 유년의 윗목
오늘의 노트 :	인생의 상온은 윗목이다.
	사랑이 필요한 건
	삶의 온도가 그리 높지 않기 때문이다.

no. 33

기형도의 시 「엄마 걱정」을 좋아했던 적이 없다. 모두가 좋아하는 시이지만 웬일인지 내게는 그렇지 않았다. 사실 좋아했던 적이 없는 게 아니라 싫어하고 멀리했던 시라고 하는 게 맞겠다. 일하러 가서 돌아오지 않는 엄마를 기다리는 아이의 심정이야 모를 리 없었지만 이런 시들이 일하는 엄마의 마음을 한 겹 더 조급하게 만든다고 생각하는 편에 가까웠다. 혼자 있어도 씩씩하게 지내면 안 되나? 꼭 이렇게 찬밥에 자신을 비유하면서, 혼자 엎드려 훌쩍거리는 소리를 빗소리로 극대화하면서 비극의 주인공이 돼야 했나? 한번 비토하기로 작정한 마음은 쉽게 돌아서지 않는 법이다. 나도 그랬다. 어떤 시에도 그러지 않았으면서 이 시에는 괜히 심통이 났다.

내 어머니도 많은 다른 어머니처럼 몸이 파업을 선언하기 전까지 온종일 일하는 사람이었다. 새벽같이 일어나 가족이 먹을 밥을 준비하고 부산스럽게 출근해 정해진 시간만큼, 혹은 그 이상으로 노동한 뒤 종종걸음으로 돌아와 또다시 가족 밥을 챙겼다. 퇴근이 늦어지는 날이면 언제나 가족에게 미안해하며 집에 있는 사람들의 식사를 걱정했다. 이런 날이 반복되는 경우에는 죄책감을 느끼기도 했다. 직장 생활 12년 차에 들어서고 보니 당시 어머니의 삶은 감당할 수도 없고 지속할 수도 없는 무게를 얹은 채 견뎌낸 무자비한 시간이었다는 걸 알게 됐다. 그때 어머니는 버티는 게 아니라 가라앉고 있었다. 우리는 성장했지만 어머니의 한구석은 침몰하고 있었다. 그런 줄 알면서도 우리 가족은 어머니에게 주렁주렁 매달려 있었다. 어쩌면 바로 그 이유 때문에, 말하자면 너무나도 내 이야기여서, 이 시를 좋아할 수 없었는지도 모르겠다.

딴에는 어머니를 편하게 해주겠다고 기다리고 있는 마음을 표현하지 않았다. 일하러 간 어머니에게 연락하거나 기다리고 있다는 걸 드러내선 안 된다는 생각에 사로잡혀 있던 나날을 내 유년이라고 해도 틀린 말은 아니다. '엄마를 방해하지 말자, 엄마를 힘들게 하지 말자, 엄마가 없어도 할 수 있다, 엄마가 필요하지 않다……' 언젠가 어머니가 지나가는 말로 그때 그렇게 하지 않았으면 좋았을 거라고 했을 때까지는 유년 시절의 내가 나를 속일 수도 있었을 거라고는 생각하지 못했다. 얼마간은 진심이었지만 얼마간은 스스로를 향한 속임수였을 것이다. 지금도 나는 그립고 보고 싶은 마음을 표현하는 일에 어려움을 느낀다. 그러고 보면 시의 화자도 혼자 울고 혼자 기다렸을 뿐이다. 제목처럼 엄마를 생각하고 걱정했을 뿐. "열무 삼십 단을 이고/시장에 간 우리 엄마/안 오시네, 해는 시든 지 오래/나는 찬밥처럼 방에 담겨/아무리 천천히 숙제를 해도/엄마, 안 오시네, 배추잎 같은 발소리 타박타박/안 들리네, 어둡고 무서워/금 간 창틈으로 고요히 빗소리/빈방에 혼자 엎드려 훌쩍거리던/아주 먼 옛날/지금도 내 눈시울을 뜨겁게 하는/그 시절, 내 유년의 윗목".

서른 중반에 다시 읽는 「엄마 걱정」 앞에서 마음이 관대해지는 이유는 뭘까. 더는 이 시가 불편하거나 불만스럽지 않다. 어머니는 이제 일하지 않는다. 내가 전화하면 기다렸다는 듯이 좋아하신다. 변화한 상황들이 시를 달리 보게 하는 걸까. 그럴 수도 있을 테지만 마지막 문장을 바라보는 내 시선에 변화가 생긴 건 확실하다. 이전에는 "유년의 윗목"이라는 표현이 그저 "찬밥"과 "시든 해"로 드러나는 어둡고 무서운 시간에 대한 비유 정도로만 이해됐다. 방안에 덩그러니 담겨서 오지 않는 엄마를 기다리는 아이의 쓸쓸하고 적막한 마음에 대한 탁월한 비유. 「엄마 걱정」은 서늘하고 차가운 시다. 외로운 아이의 마음을 드러내는 한 편의 시를 말하라면 누구나, 아마도 대부분 「엄마 걱정」을 말할 것이다.

그러나 시간이 갈수록 뚜렷해지는 진릿값이 있다면 유년의 윗목이 생의 윗목으로 계속 연장된다는 사실이었다. 오지 않는 사람을 기다리고, 혼자서 쓸쓸하게 기다리며, 기다리는 동안 눈시울이 자꾸 뜨거워지는 한기 가득한 시절은 유년의 그것으로 그치지 않는다. 기다림의 아픔은 어린 시절이라고 덜하지 않고 성인이라고 더하지 않을 텐데, 그렇다면 이렇게 아픈 마음을, 숱한 윗목의 시간을 아직 어린아

이였을 때부터 경험한다는 사실만 봐도 인생의 무자비함과 가혹함은 증명된다. 삶의 고통에는 특혜 구간이라곤 없다. 고통은, 어쩌면 고통만이 이토록 평등하다.

준비할 기회도 주지 않은 채 사각지대에서 변화구를 던지는 것이 삶이다. 추위에 언 손과 발을 녹일 수 있는 아랫목보다 윗목이 인생의 온도에 더 가깝다. 인생의 상온은 윗목이다. 따뜻함은 거저 주어지지 않는다. 열기는 스스로 만들어야 한다. 사랑이 필요한 건 삶의 온도가 그리 높지 않기 때문에. 말하자면 우리의 일상은 윗목에서 이루어지기 때문에. 그렇게 생각하자 서늘하고 울적한 이 시가 온몸으로 받아들여졌다. 아마도 나는 지금 내 청춘의 윗목을 지나고 있나보다.

오늘의 책 :   소망 없는 불행

지은이 :   페터 한트케

옮긴이 :   윤용호

출판사 :   민음사

발행일 :   2002년 6월 10일

오늘의 엔딩 :   나중에 나는 이 모든 것에 대해

휠씬 더 자세히 쓰게 될 것이다.

오늘의 노트 :   인간은 절망을 두려워하면서도

'새로운 절망'을 기다리는

모순되고 용기 있는 존재이기도 하다.

no. 34

페터 한트케의 소설 『소망 없는 불행』에 등장하는 주인공은 어머니에 대해 쓴다. '나'의 어머니는 7주 전 자살했다. 신문을 통해 보도된 어머니의 죽음은 다음과 같이 간결한 문장들로 정리된다. "토요일 밤 A면(G읍)의 51세 가정주부, 수면제 과다 복용으로 자살." 주인공이 어머니의 죽음에 대해 쓰고자 하는 이유는 세 가지로 요약된다. 첫째, 어머니의 자살 사건을 대하는 낯선 인터뷰 기자보다는 자신이 어머니에 대해 더 많이 안다고 믿기 때문에. 둘째, 무언가 할일이 있으면 기운을 얻을 것 같아서. 셋째, 이 사건을, 그러니까 어머니의 자살을 하나의 사건으로 재현하고 싶기 때문에.

하지만 이렇듯 선명한 이유들은 불가해한 한 가지 이유로 수렴될 수도 있다. 완전히 말문이 막혀버렸던 짧은 순간들을 표현하고자 하는 욕구 때문에. 그 욕망은 오랜 시간 그를 쓰게 만드는 동기이기도 했다. 그에겐 충격적인 순간을 표현하고자 하는 욕구가 있고, 그러한 욕구는 언제나 글쓰기를 추동하는 가장 큰 욕망이었던 것이다. 요컨대 이 소설은 어머니의 죽음에 대한 이야기인 동시에 글쓰기의 욕망에 대한 이야기이기도 하다. 어쩌면 자신의 삶을 바탕으로 한 글쓰기가 무엇에 근거하는 행위인지에 대한 근본적인 이야기일지도 모르겠다.

소설은 어머니의 삶을 회상하는 방식으로 진행된다. 기억 속에 존재하는 시절의 어머니부터 기억 이전부터 존재했던 어머니까지. 말하자면 어린 시절의 어머니부터 죽음을 선택하는 순간의 어머니까지. '나'는 어머니의 삶을 추적하고 요약한다. 어머니를 살필 수 있는 다양한 자료들을 검토하고 살핀다. 어머니는 어떤 사람이었을까. 한마디로 그녀는 존재했고 성장해갔지만 아무것도 되지 못했던 사람이었다. 그녀는 아무것도 되지 못했고, 될 수도 없었다. 그녀의 삶은 우리가 아는 많은 여성의 삶과 특별히 다를 것도, 특별히 같을 것도 없어 보인다.

많은 것을 소망했으나 그 무엇도 이루지 못했던 어머니의 삶을 쓰면서 드러나는 것은 오히려 작가로서 어머니의 삶과 죽음을 쓰는 과정에 대한 고민이다. 어머니의 죽음이 있고, '나'는 그것을 쓴다. 그러나 쓰면 쓸수록 어머니의 진짜 삶과 멀어지고 있음을 느낀다. 기억은 선택되는 것이고 '나'는 어머니 자신이 아니기 때문이다.

물론 자신이 쓴다고 해서 자신의 삶으로부터 멀어지지 않는 것도 아닐 테지만. 아무튼 멀어지는 상황에서 작가가 선택하는 것은 적합하고도 특정한 형식을 선택하는 것이다. '나'는 다시 형식에 맞추어

이야기를 고른다. 현실에서 시작된 이야기가 다른 현실, 즉 허구적 이야기가 되는 과정이다. 어쩌면 이것이 자신의 체험을 기반으로 한 소설이 탄생하는 과정 아닐까. 사실에서 출발한 이야기가 허구의 지점에 도착하기까지의 경로.

그 경로를 조금 더 가까이에서 들여다보자. 소설이 진행될수록 우리에게 확실해지는 것은 이것이 어머니에 대한 죽음만이 아니라 어머니의 죽음이라는 충격적인 사건을 쓰는 행위이며, 이를 통해 소설을 쓴다는 것에 포함된 욕망이 무엇인지에 대해 생각하는 것임을 알 수 있다. 그것은 다름 아닌 회상의 쾌감이다. 공포로 가득한 사건을 외면하고 있던 가운데 지나간 사건을 서술한다는 것은, 즉 소설을 쓴다는 것은, 공포의 덩어리에 다가가 자세히 들여다봄으로써 발생하는 회상의 쾌감을 인식하는 것이다.

"서술한다는 것이 단순한 회상의 과정임은 말할 나위가 없다. 그러나 또 한편으로 그것은 다음을 위해선 아무것도 남겨놓지 않는다. 즉 가능한 한 적합한 문장들로 기억에 접근해 가려고 노력함으로써 공포의 상태에서 작은 쾌감을 얻어내고, 공포의 쾌감에서 회상의 쾌감을 생성해내는 것이다."

어머니의 죽음에 대해 말하며 시작한 소설은 소설 쓰기에 대한 대답으로 마무리된다. 나중에 이 모든 것에 대해 훨씬 더 자세하게 쓰게 될 것이라는 말에는 지금 이 내용이 충분히 자세한 글이 아니라는 의미와 동시에 회상이 거듭될수록 자세해지리라는 의미가 포함되어 있다. 인류사에 남은 많은 작품이 작가가 경험한 가슴 아픈 체험을 바탕으로 한다. 그들은, 그리고 우리는, 힘든 일을 겪으면 그것을 쓰려고 한다. 가슴 아팠던 일을 떠올려가며 가까스로 지나온 슬픈 일을 굳이 왜 마주하려는 걸까. 어쩌면 그것은 우리 마음에서 공포를 쫓아내기 위한 것이 아닐까.

자세히 쓰는 일에 동반되는 회상은 인간을 비로소 인간으로 만드는 성찰적 행위다. 일기를 쓸 때 인간은 지난 하루를 회상하며 불분명한 덩어리로 존재하는 하루를 분절하고 세분화한다. 마음이 힘든 사람이 일기를, 아니 그 무엇이라도 쓰며 그때 그 사건을 복기하는 이유는, 그 시점을 돌아보는 것이 다만 공포의 행위만이 아니라는 점을 보여준다. '말문이 막혀버리는 짧은 순간들'을 더 자세히 들여다보고 쓸 수 있는 용기는 스스로를 공격하는 행위가 아니라 스스로를 해방시키는 회상의 능력으로 가능하다. 『소망 없는 불행』은 그 제목이나 소재의 비극성과 달리 인간의 가능성과 소설이라는 희망에 대해 이야기한다. 인간은 절망을 두려워하면서도 '새로운 절망'을 기다리는 모순되고 용기 있는 존재이기도 한 것이다.

오늘의 책 :   노마드랜드

지은이 :   제시카 브루더

옮긴이 :   서제인

출판사 :   엘리

발행일 :   2021년 3월 26일

오늘의 엔딩 :   이 땅은 린다의 현재를 맞이할 준비가

되어 있다. 2만 제곱킬로미터의 완벽한 땅,

기반이 되어줄 존재로서.

오늘의 노트 :   땅을 가지는 사람이 아니라

땅을 즐기는 사람들에게서 발견하는 새로운 희망.

no. 35

2021년 아카데미 시상식의 작품상은 영화 〈노매드랜드〉가 받았다. 주연 배우이자 영화의 제작자이기도 한 프랜시스 맥도먼드가 2017년에 원작을 읽고 반해 판권을 구입하면서 영화화 작업이 시작되었다고 한다.

원작 『노마드랜드』의 부제는 '21세기 미국에서 살아남기'다. 저널리스트인 저자가 『하퍼스 매거진』에 게재한 기사 「은퇴의 종말」을 바탕으로 길 위에서 차를 집 삼아 살아가는 노년의 삶을 3년 동안 밀착 취재해 담아낸 르포르타주다. 철 지난 유행쯤으로 흐려져갔던 '노마드'란 말이 다시, 조금 다른 모습으로, 우리 앞에 도착했다. 아카데미가 〈노매드랜드〉를 호명할 때 그들이 부른 것은 작품 자체만이 아니다. 그들은 우리 시대의 명사로 '유랑'을 호명했다.

"60대가 되자 질문이 닥쳐왔다. 일을 그만두면 대체 어떻게 살아갈 것인가? 린다는 인생 대부분을 저축이라고 할 만한 것 없이 그달그달 먹고살아왔다. 그의 유일한 안전망인 사회보장연금은 위태로울 만큼 적었다. 한 달에 500달러 안팎으로 먹고사는 퇴직자가 어떻게 되겠는가?"

미국의 문제만은 아니다. 21세기, 그중에서도 2021년을 살아가는 우리는 '파이어족'과 '노마드 노동자' 사이 어디쯤 있는 것 같다. 파이어족은 30대 말, 늦어도 40대 초반까지는 은퇴하는 것을 목표로 회사생활을 하는 2, 30대 청년들을 가리키는 말이다.

목표를 이루기 위해 극단적으로 소비를 줄여가며 은퇴 자금을 마련하는 이들은 2008년 금융위기 이후 미국의 젊은 고학력·고소득 계층을 중심으로 확산됐지만 지금은 한국에서도 흐름이 나타나고 있다. 그 반대쪽에는 온몸으로 은퇴 없는 삶을 살아가는 사람들이 있다. 끝이 없는 노동의 굴레 속에서 은퇴가 허락되지 않는 삶을 이어가는 노마드 노동자가 그들이다. 젊은이는 조기 은퇴를 꿈꾸고 노인은 은퇴 이후 은퇴 없는 일자리를 쫓아다닌다. 조기 은퇴와 은퇴 종말이 공존하는 현상은 은퇴가 이미 폐기된 개념임을 보여준다.

임금은 낮고 주거 비용은 치솟는 시대를 살아가기 위한 방편으로 노마드 노동자들은 집세와 주택 융자금의 속박에서 스스로를 해방시킨다. 계절성 노동을 하며 여기서 저기로 옮겨다니는 그들은 '미국의 마지막 자유 공간으로 주차 구역이 있다는 사실에' 마음을 놓는다. 주차장을 거점으로 옮겨다니는 동시에 정신과 문화는 중산층의 삶을 향유하는 이들은 지역을 옮겨다니며 곳곳에서 만나는 낯선 사람들과 부족을 이루기도 한다. 이들은 길 위에서 우연히 만나는 낯선 사람들과 동료애와 연대감을 나눈다. 정주하지 않는 삶에는 언제나 이별이 예정되어 있지만 이별이 전제된 사람들과의 만남은 이들을 한층 더 그들 자신으로 존재하게 한다. 이별을 삶의 기본값으로 받아들이며 새로운 만남을 주저하지 않는 것은 21세기를 살아가는 사람들에게 발견되는 새로운 형태의 가족을 암시한다. 이들은 스스로를 홈리스homeless가 아니라 하우스리스houseless라 부른다. 정주하지 않는 이들에게 '홈'은 부동산이 아니라 자신에게 있다.

책을 읽기 전에 영화부터 봤다. 보는 내내 쓸쓸했다. 궤도를 잃어버린 우주선처럼 홀로 살아가는 사람들의 삶에 배어 있는 짙은 고립과 고독마저 부정할 수는 없었기 때문이다. 그러다 한 장면, 아마 영화의 클라이맥스처럼 보이는 그 장면에서 나는 전혀 다른 종류의 감정을 느꼈다. 쓸쓸함이라는 표현으로는 담아낼 수 없는 강렬한 에너지였다. 여느 사람들처럼 가족과 함께 머무르고 싶어하는 사람들 곁에서 잠깐 시간을 보내던 주인공이 결국 다시 길 위로 돌아오는 장면이었다.

바다가 내려다보이는 어느 벼랑 끝에서 불어오는 바람을 맞고 있던 그가 쓰고 있던 모자를 벗을 때 그 편안한 자유로움이 영상을 뚫고 나와 내게로 전해졌다. 그는 바람이 자신의 곳곳을 쓸고 지나갈 수 있도록 거침없는 발길로 땅을 밟았다. 벼랑 끝에 서서 바람을 맞으며 '땅을 즐기는' 그는 가진 것이 아무것도 없어서 모든 것을 가질 수 있는 인간이었다. 영화의 마지막 장면은 그가 애지중지하던 차마저 팔고 정말로 아무것도 없는 사람이 되어 고향으로 돌아가는 것이었다.

책의 마지막 장면은 좀 다르다. 영화에서는 조연으로 등장하는 어느 노마드 노동자 린다가 책에서는 주인공이다. 책은 린다를 맞이할 준비가 되어 있는 땅에 대한 이야기로 끝맺는다. 린다의 희망은 '땅에 발붙인 것'들로 이루어진 어스십earthship을 짓는 것이다. 지구선을 뜻하는 어스십은 우주선spaceship에 대비되는 말로, 흙먼지와 남들이 버린 쓰레기를 이용해 만든 수동형 태양열 주택을 가리킨다. 자본으로서의 땅은 인간을 머무르게 하지만 존재로서의 땅은 인간을 떠나게 한다.

『노마드랜드』는 금융위기 이후 절망 속에서 표류하는 사람들을 보여주면서도 비탄에 잠기지 않는다. 땅을 가지는 사람이 아니라 땅을 즐기는 사람들에게서 새로운 희망을 발견하기 때문이다. 거주와 일자리라는 생의 필수 조건을 기존 질서 안에서 해결할 수 없는 사람들이 길 위에서 찾아낸 삶의 방식. 'No'mad보다 '老'mad에 가깝다 할 3년의 추적기가 땅과 우리의 관계를 다시 정립할 것을 요구한다.

오늘의 영화 :	프라미싱 영 우먼
감독 :	에머럴드 피넬
개봉일 :	2021년 2월 24일
오늘의 엔딩 :	이게 끝일 줄 알았지? 이제 시작이야.
	친애하는 캐시와 니나가.
오늘의 노트 :	복수는 끝난 이야기에 불을 지핀다.
	끝나서는 안 될 이야기를 다시 시작하기 위해.

no. 36

타인을 향한 좋지 않은 감정을 소화하지 못해 괴로워하고 있을 때였다. 평소 신뢰해 마지않는 사람을 만난 김에 속내를 털어놓았다. 상대의 직업은 소설가였다. 그는 잠자코 내 하소연을 듣고 있더니 말이 끝나기가 무섭게 피가 되고 살이 되는 조언을 처방하기 시작했다. 자책하지 마라, 반성 좀 그만 해라, 마음 공부할 시간 있으면 잠을 더 자라, 그냥 미워하고 욕해라…… 그러다 말고 대뜸 묻는 것이다. "복수는 안 할 거예요?" 그가 소설가라는 사실을 잊고 있었다.

이야기 속 주인공들은 당한 만큼 갚아준다. 갚아주는 사람들만이 주인공이라는 왕관을 쓸 자격을 얻는다. 이야기의 세계에서는 억울해하고 괴로워하는 데 시간을 쓰는 것만큼 쓸모없는 게 없다. 슬퍼하며 주저앉아 있는 만큼 복수할 시간이 줄어들기 때문이다. 그러나 대부분의 사람은 소설가가 아니다. 소설가라 할지라도 우리의 삶은 이야기가 아니다. 따라서 복수하겠다고 마음먹는 건 쉬운 일이 아니다. 쉬운 일이 아니라니, 실은 거의 불가능한 일이기까지 하다. 복수에는 너무나도 큰 위험 부담이 따르기 때문이다. 복수하다 실패하느니 차라리 잊어버리고 마는 게 우리의 선택이자 현실인 것이다.

하지만 문학이라는 인류의 자산 내역에는 반드시 '복수'가 있다. 그 것도 아주 큰 비중으로. 햄릿도 오이디푸스도 모두 복수심에 불탔다. 인간에게 복수란 뭘까. 그건 꼭 필요한 것일까.

복수라는 행위의 복잡성과 자기 파괴성에 대해서라면 영화 〈복수는 나의 것〉을 떠올리는 것으로도 충분할 것 같다. 딸을 유괴하고 살해한 자를 찾는 일에 자기 인생을 다 걸어버린 남자가 드디어 범인 류를 만난다. 그런데 류가 생각만큼 나쁜 놈이 아니라는 사실을 알아버렸을 때의 곤란함을 남자의 '아무 말'이 여실히 보여준다. 남자는 류에게 이렇게 말한다. "너 착한 놈인 거 안다. 그러니까 내가 너 죽이는 거 이해하지?"

복수하는 순간 자신도 망가진다는 걸 알지만 여기까지 온 이상 멈출 수도 없는 것이다. 남자는 류의 아킬레스건을 끊는다. 그리고 자신을 뒤쫓던 사람들에 의해 살해당한다. 그의 죽음은 목표를 완수함과 동시에 자기 자신을 훼손할 수밖에 없는, 복수라는 행위의 숙명이자 본질을 암시하는 것만 같다. 그러니 다시 한번 묻지 않을 수 없는 것이다. 복수는 꼭 필요한 걸까. 수많은 복수가, 아니 모든 복수가 자기 파괴를 전제하는데도? 복수라는 복잡하고 모순된 사건은 자신을 상실하면서까지 벌해야 할 존재가 있을 때 발생하는 불가피한 선택이다. 자기 파괴를 전제한 선택을 가리켜 선택이라 할 수 있을지 의

문이지만.

강간 복수극으로 알려진 영화 〈프라미싱 영 우먼〉을 봤다. 'pro-
mising young woman'은 미국에서 관용구처럼 자주 쓰이는 표현
'promising young man'을 미러링한 표현이다. 전도유망한 청년
혹은 촉망받는 청년이란 말이 어떤 경우에 자주 쓰였을까. 대학교
기숙사에서 벌어지곤 했던 강간 사건과 함께 주목받은 이 표현은 가
해자의 처벌을 유보하면서 학교 당국이 자주 사용한 말이다.

이 영화는 한 편의 기록물에 가깝다. 강간 문화에 담합하는 사회의
민낯을 보여주는 대사들이 차라리 다큐멘터리라고 해도 부족할 게
없을 정도로 만연한 에피소드의 총체이기 때문이다. 영화는 의대에
서 벌어진 집단 성폭행으로 인해 자퇴를 결심하고 끝내 자살한 니나
의 친구 캐시가 도모하는 복수극이다. 캐시 또한 학교를 그만두고 카
페에서 아르바이트를 한다. 그녀는 밤이 되면 클럽에 가서 만취한 모
습으로 앉아 있는데, 그때 어김없이 캐시와 하룻밤을 보내려 하는 남
자들이 접근해온다. 그가 이끄는 대로 따라가던 캐시는 결정적인 순
간에 돌변해 남자들로 하여금 그들의 행위에 수치심을 느끼게 한다.
그러나 이건 시작일 뿐이다. 캐시의 진짜 복수는 니나를 죽인 가해자
를 향해 달려간다.

이 글에서 캐시가 행한 복수의 전모를 밝힐 필요는 없을 것이다.
다만 스스로를 훼손하는 것이 복수의 운명이라는 앞선 명제에 따라,
캐시가 도모하는 복수의 경로가 그녀 자신의 죽음과 함께한다는 사

실에 대해 말하고 싶다. 영화의 엔딩 장면은 캐시가 보내놓은 예약 문자의 내용이다. 캐시의 복수에는 자신이 가해자들에 의해 살해당할 가능성까지 포함되어 있었다. 가능성은 현실이 됐고, 그가 보낸 예약 문자가 그 증거다. 문자는 가해자가 경찰에 체포되는 순간 가해자 옆에서 폭력을 구경하고 즐겼던 사람에게 보내진다. "이게 끝인 줄 알았지? 이제 시작이야."

뭣 모르던 시절의 장난이었다고, 기억나지 않는다고, 피해자도 없고 목격자도 없으니 이제 다 끝난 일이라고, 가슴을 쓸어내리던 그들에게 캐시의 문자는 찬물을 끼얹는다. 지금부터가 시작이라고, 고통스럽게 기억해야 할 거라고, 끝은 없을 거라고. 캐시가 날린 '시작'이 의미하는 바가 무엇인지는 분명하다. '프라미싱 영 우먼'을 가로막고 있던 '프라미싱 영 맨'을 사회로부터 치우는 것이다. 캐시의 복수는 끝난 이야기에 불을 지핀다. 끝나서는 안 될 이야기를 다시 시작하기 위해.

오늘의 책 :   나쁜 소년이 서 있다

지은이 :   허연

출판사 :   민음사

발행일 :   2008년 10월 10일

오늘의 엔딩 :   무슨 법처럼, 한 소년이 서 있다.

나쁜 소년이 서 있다.

오늘의 노트 :   세월은 나쁜 소년을 관통하지 못한다.

소년은 시간의 지배자이기 때문이다.

no. 37

한 사람의 시가 하나의 공화국이라면 그 나라를 지배하는 유일한 헌법은 '소년'일 것이다. 소년은 미성숙한 상태다. 소년은 철이 없고 소년은 겁쟁이이며 소년은 지난 잘못을 반복한다. 그러나 덜 자랐기 때문에, 철들지 않아서, 잔뜩 겁먹었거나 기어이 저지르고 말아서, 소년은 혼돈과 혼란 속에 닻을 내리고 자신과의 전면전을 생의 숙명으로 받아들인다. 오직 소년만이 그럴 수 있다.

밀려오는 파도가 모래 위에 남겨진 과거의 흔적을 지울 때 모래 위는 다시 한번 백지가 된다. 아무것도 머무르지 않는 불모의 사장 위에서 살아가는 시인은 파도를 기다리며 모래성을 쌓는다. 어른이 되지 않기 위해. 매 순간 흔들리며 방황하기 위해. 그리하여 시가 된 것들을 시인은 자신의 삶 속으로 받아들인다. 한 편의 시가 하나의 공화국이라면, 그 나라를 지배하는 유일한 법은 소년일 수밖에 없을 것이다.

해독하지 못하는 슬픔과 외로움을 품에 안고 이정표도 표지판도 없는 텅 빈 길 위에 서 있는 어느 소년의 둘 데 없는 마음을 상상하는 밤이 있다. 정처 없는 마음을 떠올리는 그런 밤이면 한 번도 본 적 없는 시인과 깊은 곳에서부터 연결되어 있다는 생각이 들기도 한다. 흐르는 세월 속에서 깎이고 다듬어지고 만들어지는 가혹한 성숙이 인간의 불문율이라면 시인이 남겨놓은 소년의 흔적은 인간의 내력이다. 이토록 가혹한 성숙에의 저항은 흔적화석처럼 우리 몸에 각인되어 서서히 말라가는 존재들을 눈물 흘리며 바라본다.

소년은 뿌리내리지 않는다. 뿌리에 기대지 않고 뿌리를 그리워하지도 않는다. 그래서 외롭지만, 그 뿌리 없음은 그가 서 있는 곳이 어디든 그곳을 종착지로 만들어주기도 할 것이다. 걸어가는 순간 길이 생기는 사막이 가장 완전한 길인 것처럼 어디로든 갈 수 있는 자유와 어디로도 가지 않을 자유는 양립해야 한다. 할 수 있는 자유와 하지 않을 자유가 동등하게 보장되는 것. 그것이 소년의 의미이며 또한 시의 나라를 지배하는 단 하나의 규칙이다. 따라서 소년이 사라질 때, 자유도 사라지고 시도 주저앉는다. 시의 자리에 다른 무엇을 넣어도 궁극의 진릿값은 변하지 않는다. 사랑이라든가 꿈이라든가, 낭만이라든가 열정이라든가. 시가 완성과 성숙에 대한 경멸이 아니라면 무엇일 수 있을까.

허연의 시 「나쁜 소년이 서 있다」는 불안해서 완전하고 완성되지 않아서 영원한 날것의 상태를 기억하고 있는 어느 범인의 고해성사와도 같은 작품이다. 세월이 흘러 '나'는 이제 불안하지 않고 불완전하지도 않은 나이가 되어버렸다. 더는 부서져 반짝이는 조각들의 '푸른색'을 가지고 있지 않고 "소년이게 했고 시인이게 했고, 뒷골목을 헤매게 했던 그 색" 또한 소멸해버린 지 오래인 '나'는 어쩌면 능숙한 "넥타이 부대"를 닮아가고 있는지도 모르겠다. 그러나 "별반 값어치" 없는 세월이 흐르는 와중에도 '나'는 한자리에서 "무섭게 반짝이"는 "파편 같은 삶의 유리 조각들"을 발견한다. 푸른색을 잃어버린 시간에 힘들이지 않고 나를 만들었지만 만들 수 없는 '나'의 그늘 또한 잊지 않았다. 무섭게 반짝이는, 부서져 반짝이는 "나쁜 소년"을 기필코 잊지 않은 것이다. 그리고 그것은 필사의 노력이었으리라.

시의 마지막 행을 읽는다. "무슨 법처럼, 한 소년이 서 있다. /나쁜 소년이 서 있다." "한 소년이 서 있다"와 "나쁜 소년이 서 있다" 사이에는 도약이 있다. 소년은 미성숙한 상태다. 철들지 '못'했고 자꾸 잘못을 저지르니까. 그리고 그 철들지 않음이 시인을 만든다. 그러나 나쁜 소년은 미성숙을 '선택'한 상태다. 철들지 않았고 잘못 속으로 스스로 걸어들어가기 때문이다. 자라지 않기로, 성숙해지지 않기로, 별반 값어치 없는 삶을 위해 어떤 것에도 복무하지 않기로, 그리하여 가장 나쁜 상태에 머물러 있기로.

나는 인생에는 정점이 없다고 생각한다. 같은 이유로 전성기라든가 화려한 시절 같은 말도 진실과는 동떨어진 우스운 말이라고 생각한다. 시집에 수록된 또 다른 시 「우물 속에 갇힌 사랑」에서 시인도 말하고 있듯 사랑은 미성숙한 것이기 때문이다. "미성숙의 상태로 남아 있는 것. 모든 씨앗과 열매를 포기하는 것. 죽을 이유가 충분한 것"이 '진짜 사랑'이라면 흔들리고 실패하며 혼란 속에 있는 순간만이 인간적 순간이며, 그런 순간은 시간의 지배 아래에 있지 않다. 시간의 질서에 편입되지 않고 종내에는 자기 자신이 질서가 되는 존재. 세월은 나쁜 소년을 관통하지 못한다. 소년은 시간의 지배자이기 때문이다.

오늘의 책 :	나를 닮지 않은 자화상
지은이 :	장호
출판사 :	창비
발행일 :	2020년 12월 8일
오늘의 엔딩 :	두 개의 그릇

오늘의 노트 : "나는 지금 울고 있습니다.

나는 지금 웃고 있습니다.

살고 싶어요. 죽고 싶어요."

no. 38

다른 아이들보다 혹독하게 수두를 앓았다. 붉은 반점이 올라오며 내 몸을 물들이고 있을 때 한국 사회를 떠들썩하게 하던 뉴스는 낯선 이름의 전염병이었다. 그때만 해도 수두는 일생에 한 번 겪는 질환으로 인식되는 편이었다. 어릴 적 이미 수두를 치렀다는 어머니의 말에 의사는 별 고민 없이 나를 당시 유행하던 전염병 감염자로 분류했다. 나는 곧바로 독방으로 옮겨졌다. 태어나서 처음으로 독방을 경험했을 때 내 나이는 열한 살이었다. 인생을 아는 나이 아홉 살 하고도 두 살이나 더 먹었던 시절의 이야기다.

열한 살이나 되었던 나는 『마지막 잎새』에 나오는 주인공이라도 된 듯 스스로를 연민했다. 창밖으로 보이는 것이 글썽이는 나뭇잎을 매달고 있는 어느 나무가 아니라 삭막한 도로와 도로 위를 무심하게 달리는 자동차였던 사실이 얼마나 다행인지. 그렇지 않았으면 차오르는 센티멘털함을 자제할 수 없었을 것이다. 삭막한 도시 풍경처럼 내 전염병 시절도 사흘 만에 종료됐다. 전염병이 아니라 수두라고 했다. 어릴 적 경미한 증상으로 나타났다 사라졌던 수두가 제대로 찾아온 것이다. 수두는 예상 가능한 경로대로 치료되는 병이므로 한층 마음은 편해졌지만 여전히 편치 않은 것이 있었다. 내 얼굴을 보는 일만은 할 수 없었다. 입원해 있는 동안 별다른 할일이 없었던 나는 병실 안을 서성이는 일로 하루를 견뎠다. 그러면서 수차례, 그야말로 수차례 거울 앞을 지났다. 병원에 있을 때뿐 아니라 퇴원을 하고 온 집에도 거울은 많았다. 그러나 완치될 때까지 한 번도 얼굴을 보지 않았다. 그야말로 단 한 번도.

보지 못했다고 말해야겠지. 아픈 내 얼굴, 붉은 반점이 울긋불긋하게 솟아 있는 내 얼굴을 볼 용기가 차마 나지 않았다. 일단 나 자신이 너무 놀랄 것 같았고, 그 모습이 내내 내 머릿속에서 지워지지 않은 채 나를 괴롭힐 것 같았다. 실은 잘 모르겠다. 그때 내가 진짜 무서워했던 게 무엇이었는지. 예전과 다른 나를 예전과 다름없이 대해주는 어머니에게 느꼈던 고마움만이 선명하게 기억날 뿐이다. 아픈 나, 내가 좋아하지 않는 나, 얼른 지나가버린 뒤 다 잊고 싶은 나. 그런 나를 바라볼 수 있는 용기가 지금은 있을까.

2020년 겨울에 출간된『나를 닮지 않은 자화상』은 화가 장호가 병상에서 그린 드로잉과 일기 일부를 모은 책이다. 2013년에 구강암 판정을 받고 이듬해 생을 마감할 때까지 그가 그린 그림은 풀꽃과 자화상 그리고 가족의 얼굴이다. 암 판정을 받고 충격과 슬픔에 휩싸인 화가는 충동적으로 가출한다. 도착한 곳은 지리산. 그날의 행적이

건조하게 기록된 일기가 책의 시작을 알린다. 지리산에서 본 단풍나무, 제비꽃, 씀바귀, 달개비, 그루터기, 풀 위를 기어가는 애벌레, 초승달…… 이른바 통틀어 생명. 그 사이사이를 메우고 있는 일기에는 솔직한 그의 마음도 기록되어 있다.

"나는 지금 걷고 있습니다. / 나는 지금 울고 있습니다. / 나는 지금 웃고 있습니다. / 살고 싶어요. / 죽고 싶어요." 후반부에는 구강암에 걸린 자신의 비뚤어진 얼굴이 차례로 나온다. 볼펜으로 그린 자화상은 모두 다 얼굴색이 다르다. 어떤 얼굴은 후회스럽게 붉고 어떤 얼굴은 슬프도록 파랗다. 어떤 얼굴은 그리움으로 노랗고 어떤 얼굴은 절망스럽게 검다. 광기 속으로 스스로를 밀어넣은 빈센트 반고흐의 자화상보다도 병원비를 걱정하고 꼭꼭 숨고 싶어하고 그러면서도 따뜻한 말로 위로받고 싶어하고 가족을 지독하게 사랑하는 한 평범한 인간의 무지개 같은 자화상에 더 끌리는 것은 그에게 비뚤어진 자신의 얼굴을 바라볼 수 있는 용기가 있기 때문인 것 같다. 용기 있는 그는 자화상에 이어 사랑하는 가족의 얼굴을 그렸다. 가족의 얼굴을 그리며 그가 선택한 색깔을 무슨 색이라 부를 수 있을까. 이별을 밀어내고 싶은 모든 감정이 그가 선택한 색깔 속에 있다.

그가 이생에서 그린 마지막 그림은 그릇이다. 두 개의 그릇. 하나는 네모난 그릇이고 하나는 둥근 그릇이다. 그 옆에는 '물 그릇'이라는 글자가 적혀 있지만 어떤 이유인지 '물' 위에는 엑스 표시가 되어 있다. 물그릇이라 쓰고 보니 용도 없는 그릇이 더 좋겠다 싶었던 걸까. 아니면 물 위에 표현된 취소까지가 그의 의도인 걸까. 화가는 말이 없으므로 답은 영영 알 수 없다. 물을 담거나 담지 않은 두 개의 그릇이 있을 뿐이다. 그것이 그의 마지막 그림이고 마지막 의미이며 생에 대한 최후의 변론이다.

물은 형태가 없다. 형태 없이 흐르면서 어떤 형태에도 다 담길 수 있다. 그래서 영혼을 닮았다. 그 물이 이제 그릇을 떠나려 한다. 그릇을 떠난 물은 자유롭게 흐를 것이다. 어디로 향할지, 도착한 곳에는 무엇이 있을지, 무엇도 알 수 없는 미지의 세계가 물을 기다리고 있다. 따라서 그의 마지막 그림은 소멸로서의 죽음이 아니다. 그릇을 떠난 물이 모험을 시작하듯 몸을 떠나는 영혼도 그럴 것이다. 두 개의 그릇은 사랑으로 가득한 생을 살았던 어느 화가가 이 세상과 나눈 마지막 인사인 것만 같다. 나를 닮지 않은 얼굴이 '나'에게서 떠나 자유로워지려 한다. 모험을 시작하려 한다.

오늘의 책 :   설국

지은이 :   가와바타 야스나리

옮긴이 :   유숙자

출판사 :   민음사

발행일 :   2002년 1월 28일

오늘의 엔딩 :   발에 힘을 주며 올려다본 순간, 쏴아 하고

은하수가 시마무라 안으로 흘러드는 듯했다.

오늘의 노트 :   뒤돌아보는 건 사랑의 방향이다.

no. 39

'끝없이 먼 길을 가는 사람'은 '허무한 속도'로 나아간다. 차갑고 쓸쓸한 이 고독한 존재는 실상 어디로도 나아가지 않고 있는지도 모른다. 앞으로 가는 건 허무의 방향이 아니니까. 떠나고 돌아오기를 반복하며 삶을 다만 여행할 뿐인 사람에겐 여행이 주는 경이도 무의미해 보인다. 그의 이름은 시마무라다. 시마무라는 서양의 춤에 대한 글을 쓰지만 본질은 부모님에게 물려받은 재산으로 무위도식하며 부박한 리듬으로 삶을 탕진하는 한량에 더 가깝다. 내내 자기 삶의 외부자로 살아온 인간이 자기 안에 타인이라는 중력을 받아들이며 무게를 얻어가는 과정. 나는 이 소설을, 내일 죽어도 좋을 어느 허무한 삶에 드리운 그림자라고 읽는다. "왜 뒤돌아보지 않았어요?" 기다리는 사람이 생긴다는 건 삶에 그림자가 지는 일이다. 어둠이라는 깊이가 생기는 일이다.

『설국』을 읽은 사람이라면 열에 아홉은 첫 문장에 대해 이야기한다. 나머지 한 명도 말하지 않을 뿐 그 문장을 떠올리지 않은 건 아닐 것이다. 카뮈의『이방인』과 함께 야스나리의『설국』의 첫 문장은 인간이 그은 문명의 역사를 일시에 지워버리는 백지의 문장이니까. "국경의 긴 터널을 빠져나오자, 눈의 고장이었다. 밤의 밑바닥이 하얘졌다. 신호소에 기차가 멈춰 섰다."

눈 덮인 밤 풍경을 밤의 밑바닥이 하얘졌다고 표현하는 이 문장의 효과는 다분히 '시적'이다. 눈 내린 밤이라는 자연적 상황을 바닥이라는 인위적 공간과 하얘졌다는 대립적 색채, 즉 이중의 역설을 통해 작가가 세운 것은 '눈 내린 밤'이라는 날씨나 시간이 아니라 이전의 세계와 구분되는 다른 차원으로 들어가는 입구이기 때문이다. 여기서부터 눈의 나라가 시작된다는 선포. 이곳의 빛은 바닥에서 출발한다는 전언. 그러나 시적이고 감각적인 이미지들로 쌓아올린 소설이라 해서『설국』이 이미지 자체에 기대고 있는 소설이라고 볼 수는 없는데,『설국』이 세운 건 입구만이 아니기 때문이다. 거울과 거울이 맞닿으며 발생한 각도로 세상에 없는 공간을 만들어낸 심연의 건축물은 이 세계의 질서가 아닌 다른 세계의 질서를 가시화한 허무의 집이다.

밤의 밑바닥을 가리키며 시작한『설국』은 하늘의 은하수를 쳐다보며 끝난다. 눈 내린 길은 길을 잊은 길이지만 은하수는 상상된 길이다. 눈 내린 길은 망각의 길이지만 은하수는 미래의 길이다. 애초에 없고 지금도 없는 길. 현실을 차단하자 처음 보인 건 눈 내린 길이고 마지막에 보인 건 있었던 적 없는 길이다. 눈길을 고마코라 부르고 은하수를 요코라고 부를 수도 있을 것이다.

고마코와 요코는 인물을 넘어 하나의 상징이다. '이 세상이 아닌 상징의 세계'로 바라보면 시마무라 역시 그렇다. 시마무라는 고마코 라는 게이샤를 만나기 위해 이곳으로 왔다. 오는 기차에서 요코라는 또다른 여인을 만나는데, 고마코와 요코는 같은 남자를 보호하고 보살폈던 인연으로 연결되어 있는 사이이기도 하다.

고마코는 한때 그 남자의 약혼녀였고 요코는 그 남자의 새 연인이다. 고마코는 그에 대한 자신의 의무를 다하면서도 자신의 어떤 것은 결코 그에게 주지 않는다. 아직 어린 요코는 자신을 둘러싸고 있는 것이 자신의 무엇을 앗아가는지 모른다. 시마무라는 고마코를 향한 마음과 더불어 요코에게도 아름다울 만큼 슬픈 매력을 느낀다.

시마무라가 '덧없음'에 이끌려다니는 사람이라면 고마코는 '덧없는 헛수고'를 적극적으로 선택하는 사람이다. 일기를 쓰고 악기를 연습하고 이루어지지 않은 사랑을 위해 마음을 쓴다. 시마무라가 보기에 고마코의 헛수고는 수지가 맞지 않는다. 그가 아무리 삶에 자신을 내어줘도 삶이 그에게 주는 건 아예 없거나 있다 해도 초라할 것이다. 더욱이 요코는 헛수고라는 인식도 없이 수고로운 삶을 받아들인다. 일자리를 얻게 된 동생을 잘 봐달라 애절하게 부탁하고 자신이 돌보게 될 남자를 진심으로 간호한다. 허무한 속도로 방황하며 누구에게도 속하지 못한 시마무라가 삶에서 가장 멀리 있는 존재라면 덧없는 헛수고를 통해서라도 자기 삶을 살려 하는 고마코는 시마무라보다 좀더 삶에 가까이 있다. 다른 이들의 삶 여기저기에 포함되어 있는 요코는 삶 속에 있다 할 것이다. 이들이 무엇으로부터 멀리 있고 무엇에 가까이 있는 것인지는 끝내 알 수 없다. 움직이지만 도착하지 않는 것이 허무의 속도라면 세 사람의 속도가 서로 다르다는 것만 알 수 있을 뿐이다.

　사랑하지만 영원히 함께할 수 없고 마음을 다해 돌보지만 죽음은 피할 수 없다. '선로 끝에 묘지가 있는 것'처럼 인간의 끝에는 무의 세계가 기다리고 있을 것이다. 하지만 눈길이라는 수평적 세계에서 은하수라는 수직적 세계로 전환될 때, 인간은 권태로운 길 위를 떠다니는 가벼운 존재가 아니라 그리움으로 가라앉는 슬픈 존재가 된다. 은하수가 시마무라 안으로 흘러드는 것 같다고 할 때 시마무라가 느낀 것은 죽음을 포함하는 희망이다. 무겁고 새로운 희망이다. 죽음을 안고 있는 고마코처럼 시마무라는 은하수가 자기 안으로 흘러들고 있음을 느낀다. 끝없이 먼길을 가는 사람에게는 다른 속도로 가는 다른 존재가 필요하다. 자기 안에 타인이라는 다른 중력이 있을 때 은하수처럼 춤추는 길이 생긴다. 뒤돌아보는 건 사랑의 방향이다. 끝은 마지막에 도착하는 선이 아니라 뒤돌아볼 때마다 떠오르는 점이며, 수많은 점이 모여 슬프고 아름다운 마지막이 이루어진다. 녹아 없어질 눈의 나라만이 알고 있는 덧없는 진실이다.

오늘의 책 :	스토너
지은이 :	존 윌리엄스
옮긴이 :	김승욱
출판사 :	알에이치코리아
발행일 :	2015년 1월 2일
오늘의 엔딩 :	손가락에서 힘이 빠지자 책이 고요히 정지한 그의 몸 위를 천천히, 그러다가 점점 빨리 움직여서 방의 침묵 속으로 떨어졌다.
오늘의 노트 :	인간은 죽지만 책은 죽지 않는다.

no. 40

『스토너』는 생이 완료되고 죽음이 시작되는 슈간에 끝나는 소설이다. 마지막 문장에 다다랐을 때 나는 마치 소멸해가는 한 남자의 생이 끝나는 현장에 같이 있기라도 한 것 같은 착각에 빠지고 말았다. 착각에 빠졌다는 말에는 조금의 과장도 섞여 있지 않다. 정말이지 몇 초 동안 나는 나도 모르는 사이 숨을 꾹 참고 있었다. 손가락에 힘이 빠지며 손에 들려 있던 책이 스르르 빠져나가 떨어지는 순간, 침묵 속으로 떨어진 책이 툭 하고 마지막 소리를 만드는 순간, 내 마음속에도 책 한 권이 떨어졌다. 한 인간이 가장 마지막까지 손에 들고 있었던 것이 한 권의 책이라는 사실은 그가 살았던 단 하나의 세계가 바로 그 책의 세계였다고 말하는 것 같았다.

사물이 바닥을 향해 떨어지는 건 자연의 법칙이다. 생명이 죽음을 향해 소멸해가는 것도 자연의 법칙이다. 그러나 소멸하지 않는 건 문학의 법칙이다. 책이 바닥으로 떨어지듯 생은 죽음을 향해 사라지지만 책이 불멸하듯 책을 놓지 않았던 정신은 사라지지 않는다. 『스토너』의 마지막 장면은 이렇게 말하는 듯하다. 인간은 유한하다. 그러나 인간이 쓰고 읽은 문학은 무한하다. 소설을 집약하는 마지막 장면으로는 그야말로 완벽한 상징이지 않은가. 『스토너』는 눈에 띄지 않는 삶을 살다 끝내 눈에 띄지 않게 죽어간 어느 영문학과 교수의 일대기다.

일대기를 다룬 작품을 읽어본 적이 언제인지, 이제는 기억도 나지 않는다. 언젠가부터 내 관념 속에서 '전체'는 사라져간 단어가 된 것 같다. 잃어버린 단어들로 이루어진 사전이 있다면 그 사전의 첫번째 쪽에는 '전체'라는 말이 기입되어야 할 정도다. 전체, 그것은 파악할 수 없는 무엇이다. 전체는 추상적인 영역에서만 존재하는 허상일 뿐 우리가 파악할 수 있는 것은 부분과 부분 사이에서 발생하는 관계뿐이다. 『부분적인 연결들』의 저자 메릴린 스트래선은 부분을 전체로부터 해방시킴으로써 부분의 가치와 연결의 실존을 강조한다. 어느 학자의 주장만은 아니다. 부분의 독립성, 부분의 완결성, 연결의 실재성은 오늘날 파악할 수 없을 만큼 복잡해진 세계를 바라보는 가장 일반적인 세계관이기 때문이다.

그런 와중에 읽는 『스토너』가 익숙하면서도 낯설 수밖에 없었던 이유 역시 이 소설이 전체를 보여주고 있기 때문이다. 일대기의 형식을 지니고 있는 요즘 소설을 찾아보기란 좀처럼 쉬운 일이 아니다. 소설은 세계관을 적극적으로 반영한다. 전체 세계를 인식할 수 없다고 생각하는 것과 같은 이유로 하나의 세계와도 같은 인간의 전모를 파악할 수 없다는 생각이 요즘의 보편이라고 할 때 어느 한순간, 어느 한 시절만이 소설이 선택할 수 있고 선택하고 싶어하는 삶의 시간인 것이다.

요컨대 복합적이고 모순적인 '부분'들이 한 사람의 일생을 바라보는 일을 가로막는다. '부분'의 세계 안에서 바라보면 어떤 인간도 완전히 편들 수 없고 어떤 인간도 완전히 배척할 수 없다. 그런 이야기는 도무지 드라마틱하지 않은 것이다.

한 사람이 지나온 모든 삶을 바라보기로 작정했다면 가장 먼저 포기해야 할 것은 그의 삶을 '한마디'로 표현할 수 있는 단어를 찾는 것이다. 그런 의미에서 삶의 총체성을 보여주는 방식으로서의 일대기는 우리가 포기한 세계관을 선택한다. 헤겔이 말한 '구체적인 전체'를 구현하는 방식이 또한 일대기를 통해 가능할 것이다. 파악 가능한 부분적 세계가 주는 명료함을 잠시 접어두고 파악할 수 없는 전체적인 세계가 주는 불명확함으로 바라볼 때 우리는 생을 바라보는 겸허한 자세를 갖게 된다. 『스토너』의 일생을 다 읽고 나서 우리가 알 수 있는 것은 그의 삶을 표현해주는 한마디는 없다는 사실뿐이다.

『스토너』는 지금으로부터 50년도 더 전에 쓰인 작품이다. 책이 출간되었을 당시만 해도 별다른 주목을 받지 못한 작품이 다른 시대, 다른 공간에서 재발견되며 역주행하기 시작했다. 당대와 불화한『스토너』가 지금 이 시대의 독자들과 만나는 지점은 어디에 있는 걸까. 구체적인 전체를 보여주는 일대기라는 형식, 그 안에서 행복했다고도 불행했다고도, 성공했다고도 실패했다고도 말할 수 없는 삶의 내용이 주는 아름다움 때문이 아닐까. 그가 살았던 세상은 가족이나 직장 동료들과 함께하는 현실과 더불어 '문학'이라는 깊고도 외로운 현실이었다. 그에게 "사랑이란 무언가 되어가는 행위, 순간순간 하루하루 의지와 지성과 마음으로 창조되고 수정되는 상태"였던 것과 마찬가지로 그에게 삶 역시 의지와 지성과 마음으로 창조되고 수정되는 상태였다.

현실 세계에서의 좌표를 설정하는 대신 원하는 공부와 문학에의 열정에 집중하며 고독하게 살아갔던 그의 삶은 누구도 기억하지 않는 소박하고 조용한 인생이었을지도 모른다. 그러나 그의 삶이 하나의 이야기로 완결되거나 기억되지 않았던 진짜 이유는 끊임없이 내면을 수정해가며 창조되었던, 변화하는 상태로서 존재했기 때문은 아닐까. 그러한 일시적 상태에 머무른다는 것은 고정되지 않을 수 있는 용기를 통해서만 가능하다. 그가 죽을 때까지 손에 놓지 않았던 책이 그것을 가능하게 했을 것이다.

오늘의 책 : 나이 없는 시간

지은이 : 마르크 오제

옮긴이 : 정현목

출판사 : 플레이타임

발행일 : 2019년 3월 20일

오늘의 엔딩 : 우리는 모두 젊은 채로 죽는다.

오늘의 노트 : 죽음 앞에서 인간은 어제가 아니라

어릴 적을 기억한다.

no. 41

마르크 오제라는 인류학자가 쓴 에세이 『나이 없는 시간』을 읽었다. 뭔가에 끌리듯 이 책을 장바구니에 넣었다. 이 책이 베스트셀러 목록에 오르지 못하는 현실을 이해할 수가 없다. 아니, 나이 없는 시간이라잖아. 궁금하지도 않나. 나이부터 물어보고 나이만을 알고 싶어하며 나이드는 걸 슬퍼하고 청춘을 찬양하는 인간들에게 어느 노학자가 쓴 『나이 없는 시간』에 대한 사색과 통찰이 필요하지 않으면 도대체 무엇이 필요하단 말인가. 영원히 살기 위한 불로초 같은 상상력 말고도 나이라는 속박과 굴레에서 벗어날 수 있다면 인류의 미래는 지금 예정된 것과 다르게 쓰일 것이다.

나이에 대해 이야기하면서 '노년'에 대한 이야기를 피할 순 없겠다. '나이 없는 시간'이라는 제목을 달리 말하면 '노년 없는 나이'라고도 할 수 있다. 우리가 두려워하는 나이란 결국 '노년'에 다름 아니니까. 『나이 없는 시간』도 종국에는 노년에 대한 획일화된 공포와 근심으로부터 우리를 해방시켜주기 위한 책이라고 할 수 있다. 그도 그럴 것이, 우리는 정말 노년, 더 정확하게 말하면 '노후'라는 공포에 사로잡혀 있다. '한 유령이 유럽을 떠돌고 있다. 공산주의라는 유령', 이 문장은 이렇게 바뀌어도 충분히 적절하다. 한 유령이 대한민국을 떠돌고 있다. 노후라는 유령. 유령의 자리에 노후를 넣는다고 해서 누가 과장이라 비난할 수 있을까.

지난 몇 달간 직장인들이 쓴 서평을 읽고 코멘트하는 아르바이트를 했다. ○○카드, ○○증권으로 불리는 대기업에서 직원들의 문화생활을 지원하는 취지로 마련한 북클럽의 일종이었는데, 직원들이 정해진 책을 읽고 그에 대한 서평을 써서 보내오면 그중 가장 잘 쓴 글을 몇 편 꼽고 모든 글에 짧은 심사평을 남기는 일이었다. 책의 목록은 대체로 베스트셀러 리스트에서 볼 수 있는 것들이었다. 소설도 있고 철학책도 있고 경제경영서도 있었다. 그중에는 내가 읽은 것도 있고 읽지 않은 것도 있으며 읽지 않은 것 중에는 읽기 싫은 것도 있었다. 지난주 선정 도서는 이지성의 『미래의 부』였다. 망설여지는 책이다. 일목요연하게 부의 현재와 미래를 정리해줄 테지만, 그 일목요연함이, 정리와 정돈이, 나를 겁줄 것 같았다. 이렇게 살다간 미래의 부는커녕 미래의 평범에도 미치지 못할 거라고. 나는 겁에서 놓여나기 위해 책을 읽는다. 일부러 겁먹기 위해 책을 들지는 않는다. 『나이 없는 시간』을 산 것만 봐도 알 수 있듯이.

나는 ETF(상장지수펀드)도 안/못하고 코인도 안/못한다. 해야 할 것 같지만 하지 않는다. 매일같이 출근하고 퇴근하는, 틈틈이 읽고 쓰는 일이 내 미래 가치를 올리고 있을 거라고(실은 더 오래 일할 수 있을 거라고) 생각하며 가슴을 쓸어내릴 뿐이다. 그런데 이 책을 읽은 ○○증권 직원들이 쓴 90여 편을 읽으며 느낀 건 실로 놀라운 것이었다. 투자를 업으로 삼는 사람들에게도 '노후'는 똑같이 불안과 공포의 대상이기 때문이었다. 책에 대한 서평 중 거의 모든 글이 '노후 불안'에 대해 이야기하고 있었다. 그들에게 노년은 대비해야 할 재난이었다. 나이드는 게 재앙이라니. 그럼 죽음은 재앙의 해소인가. 노년을 끝내기 위해 죽음이 와야 하는 것일까. 언제부터 노년이라는 지옥이 펼쳐지는 건데. 생각하면 끝도 없이 막막하다. 죽음만이 답이니까.

인류는 오래 사는 병에 걸렸다. 한 번도 살아본 적 없는 백세 시대라는 공포가 우리의 현재를 이토록 저당잡는다. 『나이 없는 시간』에서 오제는 나이에 따라 육체가 퇴락해가는 걸 부정하지는 않는다. 그런 부정은 불가능하다. 그러나 그에게 시간은 불려나오는 것이지 순차적으로 쌓이는 것이 아니다. 죽기 전까지 인간이 붙들고 있는 것이 최근의 기억이 아니라 어린 시절의 기억이라는 사실에 주목하기도 하고, 치매에 걸린 사람이 주로 어린 시절만을 기억하는 증상에 주목하기도 한다. 이는 나이와 시간이 맺고 있는 관계의 본질을 보여준다. 죽음 앞에서 인간은 어제가 아니라 어릴 적을 기억한다. 시간은 기억을 통해 구성된다. 육체적 나이와 별개로 정신의 나이는 무엇을 얼마만큼 어떻게 기억하느냐에 따라 달라지는 것이다. 내가 몇 살인지 누구도 알지 못한다. 나 자신이라 해도 마찬가지다. 여기서 이 책의 마지막 문장이자 결론이 도출된다. 우리는 모두 젊은 채로 죽는 다. 노년은 얼마쯤 허구적 개념이다.

　오해하지 말아야 한다. 오제는 노년을 거부하지 않는다. 누구도 육 체의 늙음을 거부할 수는 없다. 그러나 시간으로 표상되는 인간의 정 신은 육체가 변해가는 흐름에 따라 그렇게 단순하게 흘러가지 않는 다. 그러므로 이 결말은 우리에게 '노년'에 대한 다른 가능성을 상상 하도록 부추긴다. 돈이 없는 노년을 생각하면 불안하지만 기억이 없 는 노년을 생각하면 불행하다. 나이들어간다는 것은 늙어가는 것이 아니라 발췌할 기억이 많아진다는 것이며, 발생할 기억보다 추억할 기억이 더 많다는 뜻이기도 하다. 그러므로 불러낼 기억을 잘 돌보는 것. 순간의 의미를 잘 축적하는 것이 ETF나 '코인'만큼이나 중요한 노후 대비가 아닐 수 없다.

오늘의 책 :	기후변화 시대의 사랑
지은이 :	김기창
출판사 :	민음사
발행일 :	2021년 4월 2일
오늘의 엔딩 :	정말 멍청해. 이렇게 될 줄 정말 몰랐다고? 정말?
오늘의 노트 :	숱한 괴로운 죽음을 본 사람들은 자신의 오지 않은 끝을 상상하고 두려워할 수 있다. 기후 위기 문제 앞에서는 '두려워하는 능력'이 필요하다.

no. 42

2021년 노벨문학상 시즌은 말 그대로 조용하게 지나갔다. 조용하게 지나간 이유는, 이름도 생소한 수상 작가의 작품이 한국에 단 한 권도 번역돼 있지 않기 때문이다. 어느 한 작품만이라도 보유하고 있는 출판사가 있었더라면 우리는 압둘라자크 구르나라는 이름을 얼마간 더 들을 수 있었을 것이다. 이럴 때마다 한국의 문학 출판이 서구 중심으로 구성된 협소한 토양 위에서 작은 지도만을 반복적으로 그리고 있다는 사실을 직시하게 된다.

노벨문학상은 작품이 아니라 작가에게 주는 상이다. 따라서 견고하고 독보적인 세계를 구축해온 작가에게 수여되기 마련이라 인지도가 높은 연륜 있는 작가에게 주어지는 경우가 일반적이다. 몇 해 전 가즈오 이시구로의 노벨문학상 수상에서 단 하나 특별한 것이 있다면 63세라는 '젊음'이었을 것이다. 그보다 앞서거나 뒤에 받은 작가 중에서 가즈오 이시구로만큼 젊은 나이에 노벨문학상을 받은 작가를 찾기는 쉽지 않다. 그럼에도 불구하고 수상한 작가가 있다면 때

이른 나이에 '이미' 많은 것을 이룬 예외적 인물이었을 가능성이 크다. 마흔네 살의 알베르 카뮈처럼.

구르나 역시 오랫동안 자기만의 길을 걸어왔다. 많은 사람이 그 길에 '난민'이라는 이름을 붙여주었다. 구르나가 쓴 작품들에 일관되게 흐르는 주제 의식은 난민이 겪는 세계의 붕괴라고 한다.

대표작으로 꼽히는 작품이자 부커상 최종 후보에 올랐던 장편소설 『낙원』은 조셉 콘래드의 소설 『암흑의 핵심』을 비틀어 쓴 것으로 잘 알려져 있다. 영화 〈지옥의 묵시록〉의 원작인 동시에 20세기 영국 소설을 개척한 작품으로 평가받는 『암흑의 핵심』은 탐험을 동경하는 화자인 '말로'가 아프리카로 항해하는 이야기로, 그 과정에서 자신의 꿈이 위장된 제국주의적 꿈이었다는 것을 깨닫게 된다. 구르나의 『낙원』은 이러한 인식에 남아 있는 서구 중심적 세계관을 다시 한번 비튼다.

노벨문학상은 '문학과 사회'에 던지는 하나의 메시지이기도 하다. 밥 딜런을 호명했을 때 모두의 노래로서 시를, 알렉시예비치를 호명했을 때 체르노빌과 전쟁을, 토카르추크를 호명했을 때 동물과 환경에 대한 경고를 읽지 않을 수 없다. 문학은 가장 내면적이고 나약한 언어이지만 그렇기 때문에 가장 강력한 사회적 목소리가 되기도 한다. 인간은 나약하기 때문에 흔들리고, 그 흔들림이 인간으로 하여금 '선택'하게 만들기 때문이다. 그런 의미에서 노벨문학상은 새로운 세계의 문을 열어주는 열쇠이기도 하다. '난민'이라는 닫힌 문을 열어주는 열쇠. '환경'이라는 닫힌 문을 열어주는 열쇠. 어떤 문학은 어느 작가가 전 생애에 걸쳐 탐구한 결실인 탓이다.

그렇다면 앞으로 어떤 이야기를 지닌 세계가 호명될 수 있을까. 어떤 난제가 문학의 언어를 열쇠 삼아 닫힌 세계를 열어젖힐까. 기후 위기 쪽으로 자꾸만 시선이 가는 것이 나만의 생각은 아닐 것이다. 인도 출신 소설가 아미타브 고시의 책『대혼란의 시대』는 기후 위기를 문화의 위기이자 상상력의 위기라고 말하며 현대문학에서 기후 위기라는 현실을 다루지 않는 이유에 대해 분석한다. 그 분석에는 여러 가지 수긍할 만한 것이 있는데, 그중에서도 현대의 소설이 지나치게 일상적인 소재들을 다루는 방향으로 변해오고 있는 탓에 기후 변화를 인식하지 못한다는 말이 있다. 사회의 변화나 역사의 위기보다는 개인의 위기를 포착하는 방식, 매일의 틈에 난 작은 균열을 포착하는 데에서 현대 소설의 미학이 발전해왔으므로 기후 위기는 현대 소설의 주제가 되기엔 너무나 큰 현실이자 역사라는 것이다. 그럼에도 불구하고 기후 위기가 도래할 시대의 중심 화두가 되기에 충분하다면, 언젠가의 노벨문학상은 기후 위기라는 소재를 통해 새로운 가치관을 제시하는 내러티브에 돌아갈 가능성이 크다.

김기창 작가의 소설집『기후 변화 시대의 사랑』은 그 길목에 중요한 역할을 할 작품이다. 말 그대로 기후 변화를 테마로 쓴 열 편의 단편소설로 구성된 책인데, 제목은 물론 마르케스의 소설『콜레라 시대의 사랑』에서 차용했다. 우리가 살아가고 있는 시대를 기후 변화

시대로 정의함으로써 새로운 시대 감각에 접속한 현재를 인식하게 하는 이 책에 수록된 소설들은 '비가역적인 끝'을 상상하는 데에서 출발했다.

상상력의 위기란 끝에 대한 상상력의 위기가 아닐까. 삶에서의 끝은 대체로 다른 시작을 의미하기도 한다. 한 시대의 끝과 다른 시간의 시작은 같이 온다고 우리는 믿는다. 그렇게 믿으면 조금 덜 절망할 수 있기 때문이기도 하고, 지나고 보면 정말로 끝이 시작인 경우가 많기 때문이기도 하다.

그러나 회복할 수 없는 끝을 앞에 두고 있을 때, 우리는 자신의 고통스러운 죽음을 두려워하는 것과 마찬가지로 한 세계의 끝을 무서워해야 할지도 모른다. 귀찮은 마음을 이기고 헬스장으로 향하고 몸에 좋다는 음식을 꾸역꾸역 챙겨 먹고 무리하지 않기 위해 잠을 자두는 것처럼, 숱한 괴로운 죽음을 본 사람들은 자신의 오지 않은 끝을 상상하고 두려워할 수 있다.

기후 위기 문제 앞에서는 '두려워하는 능력'이 필요하다. 종말로서의 끝을 더 많이 상상해야 한다. '겁쟁이들'이 세상을 바꾸는 시대가 오고 있기 때문이다.

오늘의 책 :   일몰의 저편

지은이 :   기리노 나쓰오

옮긴이 :   이규원

출판사 :   북스피어

발행일 :   2021년 9월 30일

오늘의 엔딩 :   나는 천천히 짐칸에서 내려서서

기저귀 찬 볼품없는 모습으로

비척비척 절벽으로 다가갔다.

오늘의 노트 :   '바로 그 결말'에 도달하기 위해서는

희망의 부재를 견뎌야 한다.

no. 43

도달하며 만들어지는 결말이 있는가 하면 바로 그 결말에 도달하기 위해 만들어지는 이야기도 있다. 전자의 경우 작가는 인물의 성격과 사건의 내용에 비추어 가장 합당한 마지막을 그리기 위해 여러 가능성을 고려한다. 후자의 경우 최선의 결말보다는 최악의 결말에 이를 확률이 높다. 합당한 결말이 아니라 불가해한 결말이 일어날 수밖에 없었던 과정을 그리기 때문이다. 전자를 도착점으로서의 결말이라고 한다면 후자를 출발점으로서의 결말이라 부를 수 있겠다.

도달하며 만들어지는 결말은 인간의 관점으로 쓰인다. 가능한 현실 중 가장 바라는 현실을 그린다는 건 현실을 살아가는 인간의 판단과 결정이 이뤄지는 원리와 매우 흡사한 과정이기 때문이다. 출발점으로서의 결말은 인간 너머의 관점으로 쓰인다. 비극적인 결말에 이르기 위해서는 주인공이 통제할 수 없는 상황이 연속해서 벌어져야하고 끝내 그 상황은 극복될 수 없어야 한다. 더 나은 결말로 가지 않기 위해 지켜야 할 것이 있다면 희망에의 의지다. '바로 그 결말'에 도달하기 위해서는 희망의 부재를 견뎌야 한다.『일몰의 저편』이 선택한 엔딩은 시작하는 결말이다. 더 나은 결말을 모색한 흔적 따위는 없다고 단언할 수 있는 이 소설의 끝은 완전체로서의 죽음이다.

작가가 스스로 죽음을 선택하는 이야기를 두고 낯설다고 할 수는 없을 것이다. 그럼에도 이토록 비참한 죽음은 처음이다. "기저귀 찬 볼품없는 모습"으로 절벽 가까이 다가가는 '나'의 직업은 소설가다. 기리노 나쓰오의 신작 소설『일몰의 저편』은 '나'라는 한 개인의 죽음을 암시하며 끝나지만, 사실 이 죽음이 의미하는 것은 '나'로 대표되는 문학의 죽음이며 문학으로 대표되는 예술의 죽음인 동시에 예술의 생존을 위협하는 모종의 정신에 선고된 죽음이기도 하다. 기리노 나쓰오는 이 결말을 통해 문학과 예술이 기저귀 찬 볼품없는 모습으로 절벽 가까이 다가서고 있다고 말하는 것이다.

세상 사람들의 금기나 양식 따위로는 감히 상상도 못할 지점에 인간의 본질이 있다고 믿고 독자의 미간을 찡그리게 만들고 싶었던 주인공 마쓰 유메이가 출간한 소설은 특정 물건을 통해 성적 쾌감을 얻는 페티시 등 성애를 그린 작품이다. 마쓰는 총무성 문화국 문화문예윤리향상위원회라는 곳으로부터 소환장을 받는다. 소환장에 적혀 있는 내용은 다음과 같다. '귀하에 대한 독자의 제소를 심의하고 사정청취를 하고자 귀하에게 심의회에 출석할 것을 요구했으나 지정된 기간 안에 회답하지 않았으므로 아래 기일에 하기 장소에 출두할 것을 요청한다. 이곳에서는 약간의 강습 등이 예정되어 있으며, 숙박 준비물을 부탁한다⋯⋯' 과거 요양원으로 쓰였던 건물에 도착한 마쓰는 언제 끝날지 모르는 감금 아닌 감금 생활을 견디는 와중에 좋은 소설을 쓸 것을 요구받으며 소설을 써나간다. 보이지 않는 억압에 저항하는 동시에 억압을 내면화하면서.

성숙한 시민이자 교양인으로서의 자기 검열과 억압이자 폭력으로서의 자기 검열을 구분하는 기준은 무엇일까. 그 가운데 허구의 세계로 창작된 '소설'을 평가하는 수많은 판단 중 윤리라는 항목은 어떻게 얼마만큼 적용돼야 할까. 요컨대 좋은 소설이란 무엇일까. 『일몰의 저편』은 전 세계적인 관심사인 정치적 올바름에 대한 요구와 창작 행위의 자유 사이에서 발생할 수 있는 불협의 문제에 대해 다루는 소설이다. 한 원로 소설가가 작심하고 발언하는 '작가를 위한 변론문'이자 문학의 시대가 종말을 고한 시점을 증언하듯 쓰인 '남루한 예술가 소설'이다.

누군가는 이 소설을 읽고 '문학의 시대'가 끝났다고 느낄 테지만 누군가는 이 소설에서 '시대의 문학'이 시작되고 있음을 느낄 것이다. 소설의 일몰일까, 어떤 소설의 일몰일까. 전자라면 완전한 비극으로서의 결말이겠지만 후자라면 희망을 내재한 결말일 수 있겠다. 대답은 쉽지 않다. 글의 끝에 이르자 나도 이 소설의 결말에 대해 단언할 수 없게 됐다.

오늘의 책 :	리어 왕
지은이 :	윌리엄 셰익스피어
옮긴이 :	최종철
출판사 :	민음사
발행일 :	2005년 12월 1일
오늘의 엔딩 :	해야 할 말은 두고 느끼는 걸 말하시오.
오늘의 노트 :	계산하다 망한다.

no. 44

언젠가부터 '설명충'이라는 말이 세상에 존재하는 수많은 '설명'을 구분해준다는 느낌을 받는다. 어떤 설명은 물에 녹지만 어떤 설명은 물에 녹지 않는다. 그 설명이 물에 녹는지 아닌지 알려면 일단은 그 설명을 물에 넣어봐야 한다. 물을 듣는 사람이라고 해보자. 물에 녹는 설명이란 듣는 사람에게 흡수되는 설명이다. 물에 녹지 않는 설명이란 듣는 사람에게 전혀 흡수되지 않는 설명이다. 설명충이란 듣는 사람에게 전혀 '먹히지' 않는 설명을 일삼는 사람에 대한 멸칭이다.

우리 모두 자신은 설명충이 아니라고 생각할 것이다. 이 글을 읽고 있는 독자 대부분도 그럴 것이고 나 역시 예외는 아니다. 그러나 대화 상대에 따라 말하기의 주도권은 바뀌므로 누구에게나 설명충의 가능성은 잠복해 있다. 자신이 당사자가 된다면 억울한 생각이 들기도 한다. 그저 알고 있는 것을 공유한다는 의도로 이야기하고 있을 뿐인데, 이 악의 없는 행동이 조롱의 대상이 된다는 것이 말이다.

그럼에도 설명충이라는 말로 인해 얻게 되는 공적 이익은 있다. 자신의 설명에 대한 긍정적 검열을 통해 대화에서 흔히 발생하는 독과 점을 방지할 수 있기 때문이다.

물론 사람은 그렇게 쉽게 바뀌지 않으므로 설명할 사람은 계속 설명할 것이다. 그렇게 보면 설명충이란 말의 실질적 기능은 말하는 사람과 듣는 사람 사이에 전혀 교환되지 않고 있는 말의 현장, 즉 대화의 상태를 지칭할 수 있는 효율적 표현에 있다고 볼 수도 있겠다.

교환되지 않는 대표적인 말이 '설명'이다. 설명은 사실을 전달하는 말이지만, 사람들은 사실에 별로 관심이 없다. 하는 사람 입장에서는 해야 할 말이고 알아야 할 말이지만 듣는 사람 입장에서도 해야 할 말이고 알아야 할 말이라면 이미 그는 알고 있을 것이기 때문이다. 본질적으로 설명이 나에게도 중요한 만큼 타인에게도 중요할 수 없는 이유가 여기에 있다. 모름지기 설명은 하는 사람만큼 듣는 사람에게는 중요하지 않다.

『리어 왕』의 마지막 장면에서 에드거는 해야 할 말 따위 넣어두고 느끼는 걸 말하라고 일갈한다. 나는 이 말이, 그렇게 큰 잘못을 한 것 같지도 않은 리어 왕이 끔찍한 고통을 겪어야 했던 핵심이자 우리가 맺고 있는 관계가 필요 이상으로 비참하게 끝나는 핵심이라고 생각한다. 해야 할 말을 한다는 건 계산된 말을 한다는 것이다. 그러나 느낀 것을 말한다는 건 계산할 수 없음에도 말한다는 것이다. 대체로 우리는 계산하다 망한다.

『리어 왕』의 비극은 부와 명예를 다 가진 아버지가 세 딸에게 재산을 물려줄 근거로 자신을 향한 사랑을 말해달라고 요구한 데에서 시작된다. 화려한 말로 아버지에 대한 절대적 사랑을 설명하는 두 딸과 달리 막내딸인 코델리어는 아버지에게 흡족한 말을 들려주지 않는다. 아버지를 딸 된 도리로서 존경하고 사랑하지만, 그것이 자신의 모든 다른 사랑을 압도하는 유일하고도 절대적인 사랑일 수는 없다는 이유에서다. 이 말을 듣고 노한 아버지와 딸의 대화는 인상적이다. "그렇게 어린데도 그렇게 무정하냐." "이렇게 어린데도, 전하, 진실하옵니다." 코델리어는 무정한 진실의 편에 선 대가로 아무런 재산도 얻지 못하고 쫓겨나는 것은 물론 리어 왕의 마음에서도 추방당한다.

그러나 이 비극의 정점은 리어 왕의 최후에 있다. 두 딸에게 재산을 나눠주면 딸들이 자신을 정성으로 돌봐줄 거라는 기대는 배신당한다. 리어 왕은 가차없이 버려져 오갈 데 없는 부랑자가 된다. 부와 권위를 나눠준 왕은 더이상 왕이 아니고, 두 딸이 사랑을 고백한 아버지는 오직 나누어줄 권위와 부가 있는 아버지였기 때문이다. 이토록 가혹한 벌을 받게 된 리어 왕의 죄명은 뭘까.

두 딸은 해야 할 말을 했다. 그 말은 계산된 말이었다. 한편 리어 왕은 듣고 싶은 말을 듣기 위해 계산된 말을 시켰다. 리어 왕의 죄는 사랑에 값을 매긴 죄다. 그런데 그 값은 애초에 측정할 방법이 없으므로 잘못된 대가를 지불할 가능성을 포함하고 있다. 잘못된 대가를 지불하는 바람에 리어 왕은 아무것도 얻지 못했을 뿐 아니라 가진 것보다 더 많은 것을 잃었다.

　연인과 이별할 때, 회사를 그만둘 때, 친구와 절교할 때, 우리는 종종 해야 할 말 뒤에 숨는다. 하고 싶은 말을 하지 않기 위해서다. 해야 할 말은 예상 가능한 결과를 가져다준다. 예상 가능하다는 것은 불확실한 현대사회에서 추구해야 할 미덕이다. 코델리아처럼 해야 할 말이 아니라 느끼는 걸 말할 때 계산할 수 없는 일들이 벌어진다. 계산할 수 없는 일을 선택하는 건 모험이다. 모험은 생활의 단어가 아니다. 그러나 등장인물의 대부분이 죽어 사라지는 이 통렬한 비극의 마지막을 장식할 대사로 셰익스피어는 진실을 말해야 한다고 썼다. 해야 할 말이 아니라 느끼는 걸 말하라고. 그리고 보니 설명충이란 느끼는 걸 말하지 않는 태도에 붙여진 죄명인지도 모르겠다.

오늘의 책 :   3월의 눈

지은이 :   배삼식

출판사 :   민음사

발행일 :   2021년 12월 31일

오늘의 엔딩 :   "아유, 웬 눈이 이렇게 온담……

          3월도 다 가는데."

          "금방 녹을 텐데요, 뭐."

오늘의 노트 :   소멸마저 살아내는 것이 인간이고,

          그런 존재는 대견하다.

no. 45

3월에 내리는 눈은 좀처럼 사람들 눈에 띄지 않는다. 3월에 눈 내리는 것이 흔치 않은 일이기도 하지만 내린다 해도 금방 사라져버리는 탓이다. 하지만 내게는 좀 다른 생각이 있다. 3월의 눈을 알아채지 못하는 건 그 한순간 내리는 눈을 부를 언어가 없기 때문이 아닐까. 겨울과 이별하고 봄을 기다리는 시간에 흩날리는 눈은 겨울의 눈도 아니고 봄의 눈도 아니다. 그러면서 겨울의 눈이기도 하고 봄의 눈이기도 하다. 모든 것이면서 아무것도 아닌 존재를 어떻게 불러야 할지 우린 알지 못한다.

「3월의 눈」은 80대 중반의 노인이자 부부인 장오와 이순의 대화를 중심으로 구성된 희곡이다. 3월 중순 어느 날 아침부터 다음날 아침까지 하루 동안 무대에서 벌어지는 일은 두 가지다.

하나는 장오와 이순의 일상적인 대화들이다. 이발하러 갔던 장오가 나갔을 때와 똑같은 모습으로 돌아온 걸 보고 이순은 무슨 일이냐고 묻는다. 이발소가 없어졌다고 대답하는 장오의 표정에 힘이 없다.

이발소라고는 이 동네에 그거 하나뿐인데 하나 남은 이발소마저 젊은 애들이 좋아하는 만둣집으로 바뀐다는 것이다. 그렇지 않아도 집값이며 땅값이 올라 세를 감당 못한 사람들이 죄다 쫓겨나고 있는 상황이 마음이 들지 않던 차다. 그렇다고 미용실에 가서 머리를 자르고 올 주변머리도 없었던 장오는 심란하기만 하다.

장오와 달리 이순은 50년 전 이 동네에 이발 가방 하나 들고 와서 사람들 머리를 깎아주던 이발소 김씨를 추억하기도 하고 장오를 위한 옷을 만들기 위해 분주하게 뜨개질을 하기도 한다. 봄이 왔으니 문에 창호지를 새로 바르자며 시큰둥한 장오를 창호지 사러 내보내기도 하고 두 사람이 처음 만나 준칫국을 먹었던 어느 날을 떠올리며 서로의 기억이 틀렸다고 타박을 주기도 한다. 그 모습이 활짝 핀 꽃처럼 평온하고 따뜻하다.

동시에 벌어지는 또다른 일은 두 사람의 소박하고 다정한 일상과 대조된다. 장오와 이순의 대화가 순한 볕을 닮았다면 이 다른 장면은 퉁명스러운 잿빛의 기운을 띤다. 장오와 이순의 집을 해체하기 위해 찾아온 인부들이 대들보며 문틀을 뜯어낸다. 대패로 일일이 밀어 골을 잡은 것만 봐도 얼마나 정성스럽게 지었는지 알 수 있는 집이 부서져간다. 이제 새로운 건물이 올라가고 새로운 사람들이 살아가겠지. '진짜배기 한옥'이 뜯겨나가는 과정은 서글프고 애처롭다.

장오는 이 집을 팔았다. 좌익 운동한다고 나가서 생사도 알 수 없게 된 아들의 아들, 그러니까 손자가 막다른 길에 몰린 걸 알게 된 이상 모른 척할 수 없었던 장오는 그들의 사업 밑천을 마련해주기 위해 이 집을 팔고 자신은 요양원에 들어가는 걸 선택했다. 내일이면 이 집을 떠나 요양원으로 간다. 장오와 이순의 따뜻한 대화는 이순이 살아 있던 과거에 대한 장오의 회상과 상상이었다는 게 드러난다. 이순과 함께한 장오의 과거에는 많은 색깔이 있었다. 그러나 장오의 현재는 담담한 무채색이다.

집은 안식처다. 부박하고 나약한 인간에게는 마음의 집이 필요하고 몸을 뉠 집도 필요하다. 마음의 집이었던 배우자는 세상을 떠났고 그와의 기억에 기대 몸을 의탁했던 집도 부서지고 있으니 장오는 이제 자신의 삶이 끝난 거나 마찬가지라고 생각한다. 더이상 과거를 이야기할 사람이 없고 한몸 온전히 뉠 곳이 없다는 것은 인간에게 주어진 끝의 형식으로 충분해 보이는 것도 사실이다. 장오도 그 형식에 따라 조용히 사라지려 한다. 누구의 배웅도 받지 않고 혼자 요양원을 향하는 것으로. "다 끝났어. 끝은 끝이야. 세상에 좋은 끝은 없어. (……) 세상에 제일 추접스러운 것이 사람의 끝이지. 볼 필요도 없고, 보여줄 필요도 없어."

그러나 「3월의 눈」은 끝에도 의미가 있다고, 사라지면서도 아름다울 수 있다고 말한다. 그해의 마지막 눈. 금방 소멸하고 말 가벼운 눈은 한 계절의 추억과 한 해의 기억 그리고 도래할 봄에 대한 기대를 '한순간' 속에 담고 있다. 가볍다고도 무겁다고도 할 수 없는 생의 무게가 3월의 눈으로 내린다. 우리 인생이 사라져가는 순간이 꼭 이렇게 3월의 눈을 닮았을 것 같다. 겨울의 기억을 품은 채 봄처럼 피어나는 눈은 고단하게 살아온 한 생애의 끝이 지니는 공허의 무게에 대한 비유이자 존재의 무게에 대한 반어가 아닐까.

장오의 말처럼 세상에 좋은 소멸은 없다. 그렇다 해도 그 소멸마저 살아내는 것이 인간이고, 그런 존재에겐 소멸의 아름다움이 주어질 것이다. 이제 다 끝났다고 말하며 생의 문을 닫고 돌아서는 한 남자는 머지않아 사라질 테지만 그가 떠난 자리엔 헤아릴 수 없는 사랑이 남아 있다.

3월에 내리는 눈은 인간이 세상에 남긴 사랑의 무게이고 형태이다. 그렇게 생각하자 볼 필요도 없고 보여줄 필요도 없는 끝이 조금은 기다려진다. 나는 이제 3월의 꽃보다 3월의 눈을 더 기다리는 사람이 되었다.

오늘의 책 : 물고기는 존재하지 않는다

지은이 : 룰루 밀러

옮긴이 : 정지인

출판사 : 곰출판

발행일 : 2021년 12월 17일

오늘의 엔딩 : 성장한다는 건, 자신에 대한 다른 사람들의 말을
더이상 믿지 않는 법을 배우는 거야.

오늘의 노트 : 성장은 사람들이 말하는 이름들을 하나씩
획득해가는 것이 아니라 사람들이 말하는 것들과
다른 방향으로 하나둘씩 어긋나는 것이다.

『물고기는 존재하지 않는다』는 '이름'의 허구와 '범주'의 종말에 관한 책이다. 이 책을 읽지 않은 사람들은 대체로 '물고기는 존재하지 않는다'라는 말이 비유적인 표현이라고 생각할 것이다. 그러나 이 책에서 저자는 말 그대로 물고기의 죽음에 대해 말한다. "조류는 존재한다. 포유류도 존재한다. 양서류도 존재한다. 그러나 콕 꼬집어, 어류는 존재하지 않는다." 일찍이 분기학자들은 1980년대에 이 같은 사실을 발견했다. 그들은 타당한 생물 범주로서 어류란 존재하지 않음을 깨달았다.

물론 이러한 사실은 학계 밖으로 나오지 못하고 있는 실정이다. '인간의 직관'에 맞지 않기 때문이다. 어류가 존재하지 않는다니, 누구라도 쉽게 믿을 수 없을 것이다. 그러나 '직관'이라는 이름의 장벽을 치우고 바라본 세상은 우리에게 전혀 다른 얼굴을 보여준다. 새들이 공룡이라는 사실, 식물처럼 느껴지는 버섯이 동물에 훨씬 더 가깝다는 사실…… '직관'이야말로 우리를 속이는 악마다.

물속에 산다는 이유로 수많은 차이에도 불구하고 그 많은 다른 종을 '어류'라는 하나의 범주로 인식하는 것은 생명체들 사이에 '잘못된 거리 감각'을 만들어내지만, 무엇인가가 지속되는 데에는 모종의 이해관계가 있기 마련이다. 잘못된 거리 감각은 생명체를 구분하는 '상상 속 사다리'에서 인간이 제일 윗자리를 차지할 수 있는 명분을 준다. 이럴 때 범주화의 도구로 쓰이는 언어는 인간을 다른 종들과 구분되는 존재로 인식시키는 무기 역할을 충실히 수행한다.

이 책을 쓴 룰루 밀러는 과학 전문 기자다. 무탈하게 지내던 어느 날 한 여성을 향한 욕망을 통제하지 못하고 신체적 접촉을 하게 되는데, 이 사건으로 인해 연인뿐만 아니라 그동안의 삶을 모조리 잃는다. 남자친구가 돌아오기를 기다리는 동안 그가 붙잡은 밧줄이 바로 어느 분류학자 데이비드 스타 조던의 일대기다. 스탠퍼드대 초대 총장이자 저명한 학자로 추앙받던 조던은 어류 분류학계의 영웅이었다. 자연이라는 혼돈 속에서 구분과 이름 짓기를 통해 질서를 만들었던 영웅의 발자국을 따라가다보면 자신의 흐트러진 삶도 조금은 정리될 수 있을 거라는 기대가 있었던 것이다.

조던의 작업은 미지의 생물에게 자신의 깃발을 꽂는 일이었다. 기존에 알려지지 않은 새로운 물고기를 발견하면 주석 이름표에 그 존재를 지칭하는 이름을 펀치로 새기고 그 이름표를 유리 단지 속 표본 곁에 담근 채 뚜껑을 닫는다. "질서 속으로 끌어다놓은 혼돈의 양이 거의 건물 두 층 높이로 올라갈 때까지" 그의 작업은 계속됐다.

그러나 그의 삶을 들여다보면 들여다볼수록 그가 만든 질서의 세계가 허상이었음이 드러났다. 그는 우생학의 열렬한 신봉자로, 인간의 차이를 차별의 근거로 확신했던 반인륜적인 인간이었다는 근거도 속속 발견된다. 룰루 밀러는 그의 이름 붙이기가 잘못된 단언과 확신의 세계에서 비롯된 폭력이었다는 사실을 부정할 수 없게 된다. 책이 진행되면 영웅 서사는 '빌런'의 서사로 바뀐다.

자신에 대한 자서전인 동시에 그가 한때 삶의 모델로 삼았던 영웅에 대한 평전의 성격을 띠는 이 책에서 두 사람의 서사는 상승하강 곡선을 그리며 교차한다. 열등한 것을 퇴치함으로써 인류의 '쇠퇴'를 예방해야 한다는 믿음을 가졌던 우생학자로서 조던이 집중했던 것은 세대에서 세대를 거치면서 이어지는 유전적 증거들이었다. 그리고 그것이 조던적 세계가 믿었던 '성장'이기도 했다. 한편 그의 삶을 되짚어가는 동안 룰루 밀러는 유전되지 않는 것과 이름 붙일 수 없는 것, 즉 탈선한 존재들에 대해 생각한다. 모두가 맞다고 생각하는 것을 받아들이지 않는 것은 문화적 유전을 거부하는 것이다. 그리고 그럴 때 우리는 조금씩 성장한다. 성장은 사람들이 말하는 이름들을 하나둘씩 획득해가는 것이 아니라 사람들이 말하는 것들과 다른 방향으로 하나둘씩 어긋나는 것이다. 그 어긋남의 총체가 '나'다.

『물고기는 존재하지 않는다』는 성장에 대한 새로운 정의를 통해 자연에서 생물의 지위를 매기는 단 하나의 방법이란 존재하지 않음을, 좋은 과학이 할 일은 우리가 자연에 편리하게 그어놓은 선들 너머를 보려고 노력하는 것임을 주장한다. 우리가 응시하는 모든 생물에는 우리가 이해하지 못할 복잡성이 있다는 사실을 아는 것이 우리 삶을 어두운 질서에서 벗어나 빛나는 혼돈으로 이끌어줄 것이라고 주장한다.

이로써 룰루 밀러는 자신을 한순간 나락으로 빠뜨린 그 사건도 얼마간 극복한 것으로 보인다. 자신의 성性에 붙여진 이름과 스스로에 대한 느낌 사이의 거리감에도 얼마간 해답을 찾은 것 같다. 양성애자라는 말 역시 충분한 범주는 아닐지 모르지만 그는 더이상 자신을 떠난 남자를 기다리지 않는다. 평생을 함께하고 싶은 여성과 시작한 나날들 속에서 그는 어느 때보다 더 자신으로 사는 것 같다. 이름이 없는 곳에서 자유가 시작된다.

오늘의 책 :	밤에 우리 영혼은
지은이 :	켄트 하루프
옮긴이 :	김재성
출판사 :	뮤진트리
발행일 :	2016년 10월 15일
오늘의 엔딩 :	당신, 거기 지금 추워요?
오늘의 노트 :	내가 외롭지 않기 위해 상대방을 외롭지 않게 해야 한다는 사실.

no. 47

누구나 외롭다. 김수환 추기경의 삶을 다룬 다큐멘터리를 보다 의외의 장면에서 놀란 기억이 있다. 선종하기 전 병마와 싸우던 추기경이 남긴 말들을 들으면서였다. 죽음이나 공포를 모두 극복했을 거란 내 생각과 달리 추기경은 병이 깊어지자 극심한 고독을 겪고 있다고 말했다. 모두가 자신을 향해 기도해주고 있지만 지금껏 한 번도 느껴보지 못한 깊은 고독, 세상에서 혼자만 떨어져나가는 듯한 절대적 외로움을 경험하고 있다고 말이다.

평생을 죽음과 대면해온 인생에도 외로움은 찾아온다. 인간이 외로움을 느낀다는 사실은 인간이 혼자 살지 않도록 구조화된 존재라는 증거이기도 하다. 혼자 있을 때 외로움을 느끼지 않는다면 인간은 독립된 존재로 잘 살아갈 것이다. 그러나 인간은 혼자로 충분하지 않다.

진화학자들이 외로움을 일컬어 인간이 함께 살아가는 존재로 진화하는 과정에서 형성된 감정이라고 말하는 이유도 여기에 있다. 외로움은 공동체를 필요로 하고 공동체 역시 자신의 존속을 위해 개인의 외로움을 필요로 한다.

그러나 공동체가 붕괴해가자 외로움을 해결하지 못하는 사람이 늘어나고 있다. 영국은 2018년 세계 최초로 외로움부 장관Minister for Loneliness 직을 신설했다. 외로움을 개인 차원에서 경험하는 사적인 감정으로 보지 않고 사회가 함께 고민해야 하는 공적인 정서라고 파악하고 있다는 뜻이다. 새로운 일자리도 창출되고 있다. 친구가 없는 사람들을 위해 같이 쇼핑도 하고 산책도 하는 단기 '친구 역할'을 해주는 것이다. 우리는 지금 전대미문의 고립된 시대를 지나고 있다는 말이 과장은 아닌 것 같다. 이 시대의 이름은 외로움의 세기다.

켄트 하루프의 소설 『밤에 우리 영혼은』을 읽었다. 외로운 두 영혼의 늦된 만남을 다루고 있는 이 책은 서로의 건너편에 살고 있는 70대 남녀 주인공이 나누는 우정과 사랑 이야기다.

남편이 죽고 자식들은 독립해 큰 집에 혼자 남은 애나는 어느 날 밤 맞은편 집 대문을 두드린다. 자신과 마찬가지로 아내가 죽은 이후 혼자 사는 루이스에게 할말이 있어서다. 애나는 대뜸 이런 질문을, 아니 프러포즈를 한다. "가끔 나하고 자러 우리 집에 올 생각이 있는지 궁금해요." 무슨 말인지 의아해하는 루이스에게 애나는 다시 말한다. "우리 둘 다 혼자잖아요. 혼자 된 지도 너무 오래됐어요. 벌써 몇 년째예요. 난 외로워요. 당신도 그렇지 않을까 싶고요. 그래서 밤에 나를 찾아와 함께 자줄 수 있을까 하는 거죠. 이야기도 하고요."

두 사람은 동네 사람들과 각자의 자식들이 보내는 불신과 비난의 눈초리에도 굴하지 않고 '좋은 시간'을 보낸다. 이 시간이 얼마나 지속될 수 있을지, 당장 다음 만남이 가능하기나 할지, 약속할 수 있는 것은 아무것도 없지만 그저 좋은 시간을 보내고 있으므로 완벽한 행복을 느낀다. 루이스는 거듭해서 말한다. 자신에게 아직 무엇인가 남아 있다는 걸 알게 해줘서 고맙다고. 아직 다 말라비틀어진 것은 아니라는 사실을 알게 해줘서 고맙다고. 그러니까 아직, 끝나지 않았다는 걸 알게 돼서 다행이라고.

이 소설은 '끝'이라고 생각했던 곳에서 시작한다. 더이상 궁금한 사람도 없고 불안정하고 불확실한 미래도 없다고 생각되는 시점에 이르러 한 치 앞을 알 수 없는 설렘의 시간이 '시작'된 것이다. 여하한 이유로 더이상의 만남이 불투명해진 두 사람이 전화로 대화하는 장면에서 소설은 끝난다. 애나가 루이스에게 묻는다. "당신, 거기 지금 추워요?" 나는 이 마지막 문장을, 그러니까 이 소설의 결론을 이렇게 번역해서 읽는다. "당신, 지금 외로워요?" '나'의 외로움에서 시작된 소설은 '당신'의 외로움을 확인하는 데서 끝난다.

외로움의 세기를 살아가는 우리가 외롭지 않기 위해서 할 수 있는 노력은 한 가지밖에 없다. 내가 외롭지 않기 위해 상대방을 외롭지 않게 해야 한다는 사실이다. 나의 온기를 유지하려면 상대방이 있어야 하고, 상대방이 외롭지 않아야 나와 우정과 사랑을 나눌 수 있다.

사회심리학자 한스 이저맨은 『따뜻한 인간의 탄생』에서 인간의 진화사를 체온 조절의 진화로 설명한다. 물리적 온도가 심리적 온도에 영향을 주고 심리적 온도가 물리적 온도를 변화시킨다는 숱한 증거들을 통해 저자는 인간이 온기를 높이기 위해 타인과 뒤엉켜 살아가도록 진화해왔음을 증명한다. 외로움에 맞서기 위해 우리는 따뜻한 인간이 되어야 한다. 이 소설은 체온의 진화사를 뒷받침하는 또하나의 증거가 아닐까.

오늘의 그림 :	또다른 빛을 향하여
작가 :	마르크 샤갈
오늘의 엔딩 :	신이시여, 밤이 찾아왔습니다.
오늘의 노트 :	당신을 위한 그림을 다시 한번 그릴 것입니다.

no. 48

우리는 끝을 두려워한다. 끝의 환희를 모르기 때문이다. 끝이 환희의 순간이 되려면 마지막이라는 개념에 들어서지 말아야 할 감정이 있다. 아쉬움과 미련 그리고 후회다. 아쉬움이나 미련 같은 부정적인 감정이 포함되면 마지막은 가능한 한 미뤄야 할 것, 오면 안 되는 것, 와도 안 보고 싶은 것이 되고 만다. 끝이 무섭다는 말은 그 순간에 맞닥뜨려야 할 부정적 감정들이 두렵다는 말이기도 하다.

끝이라는 순간에 묻어 있는 아쉬움과 미련의 감정을 떼어낼 수 있는 방법이 있을까? 한 가지가 있긴 하다. 끝에 이르기까지의 과정, 즉 순간순간을 그 자체로 완성이라 생각하는 것이다. 과정이 끝을 향한 과도기이거나 끝을 전제한 불완전한 상태일 때, 끝은 무언가를 입증하고 증명해야 하는 '결과'의 의미를 지닐 수밖에 없다. 끝을 결과로부터, 종착지라는 생각으로부터 해방시키자. 그럼 끝을 무서워할 필요가 없어진다. 내일을 대하듯 끝을 대할 수 있다.

마르크 샤갈의 엔딩에는 어둠이 없다. 어둠은 물론이고 어둠의 그림자조차 없다. 사람들에게 샤갈은 사랑의 화가로 기억돼 있다. 샤갈에 대해 잘 모르는 사람도 끌어안은 연인이 마을 위를 날고 있는 그림은 본 적이 있을 것이다. 〈도시 위에서〉라는 제목의 그림에서 하늘을 나는 연인은 어디론가 이동하고 있다. 그들의 사랑이 그들을 여기보다 더 좋은 데로 데려다주고 있는 것만 같다. 바닥으로부터 살짝 떨어진 채 공중에 떠 있는 연인이 키스하는 그림도 잘 알려져 있다. 〈생일〉이라는 그림이다. 달콤하고 몽환적인 그의 그림을 보고 있으면 그가 평생 동안 캔버스 위에서 찾아 헤맨 것이 다름 아닌 사랑이 알려주는 비밀스러운 감정들이라는 것을 짐작할 수 있다.

샤갈의 마지막 작품은 〈또다른 빛을 향하여〉라는 제목의 그림이다. 캔버스 위에는 그림 그리는 어느 화가가 있고, 천사가 화가의 머리를 만지고 있다. 화가가 그리는 그림 속에는 어느 다정한 연인이 꽃을 들고 있으며 화가의 등에는 한 쌍의 날개가 돋아나 있다. 그림 그리기를 마치면 어디론가 날아가버릴 듯한 모습이다. 그림에서 눈을 떼고 제목을 본다. 또다른 빛을 향하여. 그림 속 화가는 이곳을 떠나 다른 빛을 향해 훨훨 날아갈 것 같다. 이 그림을 다 그리면 여기와 다른 곳으로 훨훨. 샤갈은 정말로 이 그림을 그린 다음날 영면에 들었다고 한다.

그의 마지막 그림을 보고 있으면 샤갈이 죽음에 대한 기대마저 품고 있었던 것 아닐까 하는 생각이 든다. 일찍이 샤갈이 자신의 마지막을 생각해왔다는 건 나 혼자만의 오해는 아니다. 샤갈은 이 그림을 그리기 20년 전에 동명의 시를 발표한 적이 있다. 그 시의 마지막 연을 옮기면 다음과 같다.

"신이시여, 밤이 찾아왔습니다. / 당신은 날이 밝기 전에 제 눈을 감게 할 것이고 / 그리고 저는 하늘과 땅 위에 / 당신을 위한 그림을 다시 한번 그릴 것입니다."

기다리던 밤이 찾아왔을 때 샤갈은 '당신'을 위한 그림을 그리고 눈을 감았다. 샤갈이 깊은 신앙을 가진 사람이었던 건 맞지만 나는 그가 쓴 '당신'이 신에게 국한된다고 생각하지는 않는다. 당신은 그가 살았던 이번 생에 대한 지칭에 더 가깝다. 그의 마지막 그림은 이번 생을 위한 그림, 이번 빛을 위한 그림이다. 그는 이제 다른 빛을 향해 갈 것이다.

우연히 샤갈의 그림을 만나는 순간이면 훌쩍 공상에 빠진다. 이 세계를 다 살아낸 그는 어디로 갔을까. 끝이라는 순간을 일말의 절망감도 없이, 다만 환하고 설레는 이미지로 그렸던 그는 자기 그림 속 연인들처럼 사랑의 힘에 몸을 싣고 좋은 곳에서 좋은 곳으로 둥실둥실 떠다니고 있을 것 같다. 인생은 샤갈처럼. 사랑과 함께 평생을.

샤갈의 마지막 그림이 보여주는 환희의 엔딩을 해피엔딩과 헷갈리면 안 된다. 해피엔딩이라는 말은 단순히 엔딩의 한 상태만을 의미하는 것 같지만 그 안에는 '유종의 미'라는 개념이 자리한다. '유종의 미'에는 원인에 응당한 결과가 주어지는 인과응보나 권선징악 같은 개념도 들어가 있다. 한마디로 누적의 개념이다. 모두가 그럴 만하다고 생각하는, 만족하는 아름답고 순한 결말을 가리켜 우리는 해피엔딩이라고 말한다.

그러나 진정으로 환희로운 끝, 다가오기만을 손꼽아 기다리게 되는 끝은 과거의 결과도 아니고 미래의 원인도 아니다. 그 자체로 완전한 순간일 뿐이다. 유종의 미가 아니라 오늘의 미가 있을 뿐이다. 행복한 끝이 아니라 행복한 지금이 있을 뿐이다. 시간으로부터의 해방이야말로 끝을 결말과 종착지라는 생각으로부터 자유롭게 해주는 일일지도 모르겠다. 어제도 잊고 내일도 잊자. 그것이 샤갈의 끝이 우리에게 알려주는 진실이다. 평생에 걸쳐 사랑을 믿었던 샤갈의 마지막이 우리에게 가르쳐주는 지혜다.

오늘의 책 :	태어나지 않은 아이를 위한 기도
지은이 :	임레 케르테스
옮긴이 :	이상동
출판사 :	민음사
발행일 :	2022년 1월 31일
오늘의 엔딩 :	오 하느님!
	저를 가라앉히소서
	영원히
	아멘.
오늘의 노트 :	자신의 결정으로 인해
	태어나지 못한 아이를 위한 독백이자 기도.
	삶을 형벌처럼 견디는 일.

no. 49

인간은 이기적이다. 약하기 때문이다. 스스로가 아니면 누구도 지켜주지 않으므로. 그러니 이기적이라는 말은 가치중립적이다. 여기에는 어떤 선과 악도 없다. 이런 이기적인 인간이 유일하게 이타적인 존재가 될 때가 있다. 사랑할 때와 죽을 때다. 사랑할 때 인간은 타인을 위해 선택하고 행동한다. 그런가 하면 죽음이라는 끝은 끝나지 않음을 위해 무엇인가 도모하게 한다. 그중에는 아이를 낳는 일도 있다. 타인을 태어나게 하는 것이다. 영원히 살 수 없다는 사실은 죽음 이후에도 사라지지 않는 것을 남기게 한다. 많은 엔딩이 끝나지 않음을 예고하는 것도 이런 이유에서일 것이다. 인간에게는 끝나지 않으려는 본능이 있다. 끝이 너무나도 명확한 존재이기 때문이다.

그러나 어떤 끝은 완전한 끝을 위해 봉헌된다. 완전한 끝은 사라짐을 뜻한다. 더이상 어떤 형태로도, 어떤 형식으로도, 비유로도, 상징으로도 존재하지 않는 것. 임레 케르테스는 처음부터 이 완전한 사라짐을 수행하기 위해, 오직 이 목표를 완수하기 위해 글을 시작했던 것 같다. 그런데 이렇듯 물리적인 단절을 선택하는 소설, 이렇듯 차갑게 사라지고 싶어하는 소설을 쓰는 작가는 많지 않다. 끝나지 않으려는 인간의 본능처럼, 이야기하는 것도 계속되려 하는 본능의 일환이기 때문이다. 『태어나지 않은 아이를 위한 기도』가 선택한 엔딩은 계속되려 하는 인간의 본능을 역행한다. 남기려는 욕망으로부터 도망친다.

일찍이 거부하고 역행하는 이야기들이 있었다. 하지 않기 위해 애쓰는 사람들이 있었다. 그런 이야기, 그런 사람이라면 제일 먼저 떠오르는 건 역시 바틀비다. 바틀비는 허먼 멜빌의 소설 『필경사 바틀비』의 주인공이다. 뉴욕 월가를 배경으로 한 이 소설은 산업화되고 도시화된 미국 사회의 자본주의를 거부하는 제3의 인간을 보여준다.

물질화된 세계 속에서 도구화되고 순치된 인간이 무엇인가를 하지 않겠다고 선언할 때, 그 하지 않겠다는 선택은 무엇인가를 하기 위해 고난을 선택하는 것보다 더 큰 충격으로 다가온다. 하지 않는 것이 하는 것보다 더 힘든 선택임을 알기 때문이다. 하는 것은 물리적인 고통을 수반할지언정 정신적으로는 관성과 습관, 남들과 구분되지 않는 평범함 속에서 안정되는 것이다. 반면 하지 않는 것은 관성과 습관에서 벗어나는 일이고 남들과 구분되는 일이며 더이상 평범하지 않은 영역으로 들어가는 일이다. 불안전과 불확실의 영역으로 들어간다는 것은 고독한 단독자가 되는 길이다.

『태어나지 않은 아이를 위한 기도』도 '아니요'라는 부정적인 대답으로 시작하는 소설이다. 그리고 끝까지 이 태도는 변하지 않는다. 소설은 처음부터 끝까지 하나의 화두에 붙잡힌 채 진행된다. 그가 아니라고 말하면서 덧붙이는 이유는 급진적 주장을 동반한다. 본능을 거스르려는 본능이, 말하자면 우리의 반본능이 우리의 본능을 대신하고, 심지어 애초의 본능인 것처럼 작동하는 것이 이미 아주 자연스러워졌기 때문이라는 얘기다. 도대체 무슨 질문이 이토록 강렬한 '부정'을, 본능이 되어버린 반본능으로서의 '부정'을 확신하게 만든 걸까.

산책중 오블리트 박사가 주인공에게 한 일은 그저 아이가 있는지 무심코 질문을 던진 게 전부다. 아이가 있냐는 질문에 대한 대답으로서의 '아니요'는 '안 돼'라는 더 강력한 부정으로 나아간다. 그가 아이를 낳지 않겠다고 말하는 이유는 대학살 홀로코스트를 겪은 유대인으로서 경험 때문이다. 그는 이 세계의 도덕적 비참과 비참의 지속에 대해 확신한다. 아이를 낳지 않겠다는 것은 하나의 본능에 반하는 것이지만 이 반본능이야말로 또하나의 본능이 되어버렸다는 뜻이다. 소설은 자신의 결정으로 인해 태어나지 못한 아이를 위한 독백이자 기도다. 자신을 영원히 가라앉혀달라는 마지막 기도에는 자신의 사라짐만이 아니라 자신이 살고 있는 이 비참한 세상의 사라짐에 대한 기원이 담겨 있다.

사라짐으로서의 끝을 실천하기 위한 구체적인 방법론은 삶에 동화되지 않는 것이다. 주인공은 삶과 자신을 철저하게 분리시킨다. 나는 이 소설을 읽고 삶과 동화된다는 것, 삶과 자신이 뒤섞인다는 것, 말하자면 삶에 자신을 맡긴다는 것이 무엇을 뜻하는지 비로소 알게 됐다. 삶과 동화된다는 건 삶이 가져다줄 불안정함을 '가능성'으로 바라보는 것이다. 그리고 그 가능성의 행복과 불행을 구분하지 않는 것이다. 오지 않은 시간에 대한 '믿음과 희망'을 갖는 것이다. 주인공은 그 가능성으로부터 자신을 완전히 차단한다. '이따위 시대'와 '이따위 세계'를 믿지 않기 때문이다. 그는 주어진 삶의 의미를 그저 생존으로 한정시킨다. 삶을 형벌처럼 견디는 데에만 의미를 둔다. 하는 것보다 하지 않는 것을 선택하는 사람이 많아지고 있다. 이따위 시대와 이따위 세계를 믿지 않는 사람이 많아지고 있다는 뜻일 것이다.

오늘의 책 :	다시 말해 줄래요?
지은이 :	황승택
출판사 :	민음사
발행일 :	2022년 4월 8일
오늘의 엔딩 :	아픈 건 내 잘못이 아니니까.
오늘의 노트 :	때로는 아프다는 것보다 아픈 사람으로 구분되는 것이 더 가혹한 현실이 된다.

no. 50

몸의 어딘가가 안 좋다는 사실을 알게 됐을 때, 혹은 누군가가 아프다는 소식을 들었을 때, 습관처럼 이렇게 되물었던 것 같다. 왜 아픈 건데? 원인이 뭐야? 아픈 몸의 당사자가 내가 되었든 타인이 되었든 간에 아프다는 사실을 인지했을 때 뒤따르는 질문들은 예외 없이 마땅한 이유를 찾기 위한 말들이었다. 운동도 열심히 했고 가족력도 없는데…… 꼬박꼬박 검진하는 것도 잊지 않았고 심지어는 술도 담배도 안 하잖아…… 형태는 질문이지만 내심은 하소연을 하고 싶었거나 섣부른 판단을 하고 싶었던 게 아닐까. 내가 뭘 잘못했다고! 혹은 거봐 그럴 줄 알았지.

아픈 것이 모종의 결과라고, 말하자면 무언가의 끝이라고 생각하는 태도가 우리에게는 있다. 물론 어떤 병증들에 관해서는 명시적인 이유를 들며 원인이라 지칭할 수도 있을 것이다. 이를테면 요즘 나는 허리와 어깨 통증 때문에 앉아서 무언가를 쓰거나 읽는다는 것이 고역에 가까울 정도로 고통스럽다. 일해서 번 돈을 일하기 위한 몸을 만드는 데 그대로 쏟아붓고 있다는 생각을 하면 마음도 일자 목처럼 **뻣뻣하게** 서는 느낌이다. 나이가 든다는 건 끊을 수도 없는 악순환의 고리와 마주하는 주기가 점점 더 **짧아진다는** 것일까. 의사 선생님은 이런 불분명한 통증들이 다 잘못된 자세가 누적된 결과라고 확신했다. 이렇게 당연한 말에 반기를 들기란 쉽지 않다. 휴대전화를 사용할 때 내 자세, 노트북 앞에서의 내 자세가 그리 좋은 것일 리는 없기 때문이다. 그러나 대단히 잘못된 자세였냐고 묻는다면 그 또한 아닐 것이다. 나와 같은 자세를 지닌 사람이 다 나만큼 아픈 것도 아닐 테고.

통증을 하나의 결과라 인식하고 원인을 찾는 데 집착하는 것은 별로 도움이 안 된다. 원인을 알 수 없거나 있다 해도 그것이 내 의지와는 무관한 경우가 대부분이기 때문이다. 그럼에도 아픈 몸이 된다는 것은 끝이 없는 자책감과 죄책감의 터널을 지나는 일이기도 하다. 원인이 자신에게 있다는 생각을 멈출 수 없기 때문이다. 내가 몸 관리를 소홀히 해서 이렇게 된 거라고, 내가 조금 더 조심하고 신경을 썼더라면 달라질 수 있었을 거라고, 요컨대 전부 다 내 '잘못'이라고. 이런 '내 탓'이 아픈 사람의 개인적인 성격과 성향에서 비롯되는 것만은 아니다. 몸의 통증을 오롯이 개인이 해결해야 하는 사적인 경험이자 건강을 일종의 능력으로 치환하는 문화의 그늘이기도 하기 때문이다. 아픈 몸을 나약함의 상징이자 자기관리의 실패라 여기는 문화에서는 아픈 것도 죄가 된다.

『다시 말해 줄래요?』는 채널A의 현직 기자 황승택의 두번째 책이자 200일 동안 경험한 청력 상실에 대한 에세이다. 마흔여섯의 나이에 어느 날 갑자기 찾아온 급성중이염, 그로 인한 청각 상실 경험과 소리 없는 세상에 대한 경험을 통해 알게 된 비장애인 중심 사회의 면면들을 기자 특유의 지성과 감성으로 생생하게 기록한 체험기이기도 하다. 이 책은 크게 전반부와 후반부로 나누어 진행된다. 소리를 잃었다는 선고를 받은 이후 청력 회복을 위한 수술을 받기까지 200일 동안 경험한 소리 없는 세상이 전반부다. 이때 세상이 보여주는 얼굴은 이전에 보여주던 얼굴과 전혀 다르다. 후반부는 인공와우 수술 이후 외부 장치의 도움을 받아 청력을 회복해가는 과정이다. 다른 얼굴을 보여주는 세상에서 자신감을 회복해가는 과정이라고도 할 수 있겠다. 제목인『다시 말해 줄래요?』는 부탁하는 일 앞에서 위축되지 않으려는 작가의 다짐을 잘 담고 있는 말이다.

황승택 기자의 책을 편집하는 건 이번이 두번째다. 첫번째 작업은 2018년 출간된『저는, 암병동 특파원입니다』를 통해서였다. 말 그대로 혈액암에 걸린 이후 재발의 시간을 기록한 책이다. 죽음이 코앞까지 다가왔을 때조차 희망을 발견하기 위해 지극히 애쓰는 마음에서 삶의 의지를 만날 수 있는 책이었다. 큰 어려움을 극복한 자신에게 어떤 일이 생길지 궁금하다는 말로 끝나는 첫번째 책과 달리 이번 책은 아픈 건 내 잘못이 아니다라는 말로 끝이 난다. "아픈 건 아빠 잘못이 아니니까." 같이 놀아주지 못해 미안하다는 아빠의 문자에

딸이 보낸 문자메시지였다. 평범하다고 할 수도 있는 이 말에서 어떤 말보다 큰 위로를 받았던 건 그만큼 아픈 것이 자신의 잘못이라고 생각했기 때문이었을 것이다. 나라도 그랬을 것이다. 누구라도 그랬을 것이다.

사람들이 보기에 청력 상실은 혈액암보다 이겨내기 '쉬운', 고통이 덜한 상황으로 여겨질 수도 있을 것 같다. 나 역시 얼마간 그런 생각을 가졌다. 그러나 책을 만드는 과정에서 고통의 무게를 재는 것이 얼마나 무용한지 깨달았다. 첫번째 책과 달리 이번 책에서는 청인 중심 사회에서 그 기준에 도달하지 않는 청력을 가진 사람이 경험하는 물리적 소외감에 더해 심리적 소외감이 어떤 과장도 없이 생생하게 묘사되어 있다. 내 몸에서 발생하는 물리적인 통증을 극복하는 것보다 사람들 사이에서 다른 존재가 됨으로써 발생하는 심리적인 통증을 극복하는 것이 어떤 측면에서는 더 어렵다. 때로는 아프다는 것보다 아픈 사람으로 구분되는 것이 더 가혹한 현실이 된다.

아픈 건 죄가 아니다. 투병기의 마지막 장면이라고 하기에 소박해 보일 수도 있는 말이지만 이 솔직함 속에 아픈 몸으로 살아간다는 것의 의미가 어떤 화려한 말보다 깊이 각인되어 있다.

오늘의 책 :   고독사 워크숍

지은이 :   박지영

출판사 :   민음사

발행일 :   2022년 6월 3일

오늘의 엔딩 :   우리는 예전에도 틀린 적이 있고,

그러니 뭘 망설이고 있나요 매일 시작하는 밴드

오늘의 노트 :   단종된 맛은 다시 나타날 수도 있다.

당신이 포기하지만 않는다면.

no. 51

인기리에 종영한 드라마 〈나의 해방일지〉에는 해방클럽이라는 수상한 모임이 등장한다. 사내 동호회 활동에 적극적으로 참여하기는커녕 협조조차 안 하는 탓에 동호회 관리 부서의 감시와 압박을 받고 있던 아웃사이더 세 사람이 마지못해 결성한 모임이다. 클럽 이름을 듣게 된 사람들은 하나같이 묻는다. 무엇으로부터의 해방이냐고. 실은 이들도 알지 못한다. 무엇으로부터 해방되고 싶은 것인지. 자신들이 어디에 갇혀 있기에 이렇게 답답하다고 생각하는 것인지. 다만 합의된 강령은 있다. 행복한 척하지 않기. 불행한 척하지 않기. 정직하게 보기. 무엇을 정직하게 본다는 것일까?

이들이 맨 처음 모인 날을 그린 에피소드를 잊을 수가 없다. 카페에 모인 세 사람은 창가 일인용 좌석에 나란히 앉는다. 마주보지 않고 각자 앞을 보며 이야기하는데, 누구도 웃지 않고 누구도 상대의 말에 이래라저래라 이렇다저렇다 덧붙이지 않았다. 그 무심한 거리가 좋았다. 다만 상대가 저런 모양의 마음으로 고독하다는 것을 바라봐주는 거리. 우리가 같이 외롭고 쓸쓸한 트랙을 돌고 있다는 것을 확인시켜주는 거리. 서로의 고독에 간섭하지 않고 그저 지켜봐주는 것은 고독의 시대를 살아가는 시대의 새로운 윤리 강령이라는 생각이 드는 장면이었다. 해방클럽 회원들이 비하도 미화도 없이 정직하게 보고자 하는 것은 다름 아닌 고독한 '나'였으리라.

박지영 소설 『고독사 워크숍』도 각종 일인용 밴드의 이름이 나열되는 것으로 끝을 맺는다. 일인용 밴드의 이름으로는 다음과 같은 것들이 있다. 충고는 됐고요 조언도 사양 밴드, 그러거나 말거나 밴드, 쓸데없는 자격증 수집가 밴드, 내 안의 옹졸한 마음에 관대하고 자비롭기로 약속하는 밴드, 회피형 인간으로 사는 도피형 인간 밴드, 스몰 토크를 피하는 법에 관한 스물일곱 개 전략 회의 밴드, 좋은 것 앞에서 이런 걸 누릴 자격이 없다고 생각하지 않기로 다짐하는 밴드…… 내가 이 워크숍 참가자라면 어떤 일인용 밴드를 만들었을까. 한 가지 떠오르는 게 있긴 하다. 내 발등 찍는 나도 자비롭게 봐주기 밴드. 내가 찍은 내 발등의 역사만 늘어놓아도 책 한 권은 문제없이 완성할 수 있다. 그런 나를 원망 없이 바라봐주는 것이 이 밴드의 목적이겠다.

본디 밴드의 단위는 한 사람이 아니다. 공통의 즐거움을 공유하기 위해 밴드를 만들기 때문이다. 그런 시점으로 바라보면 일인용 밴드는 완전한 모순이다. 그 모순을 해소해주는 것이 '나와 함께하는 나의 밴드'라는 개념일 것이다. 일인용 밴드는 혼자인 나와 함께한다.

어제의 나와 오늘의 나, 오늘의 나와 내일의 나. 숱한 '나'들과 함께 하는 밴드. 그럼 타인은? 타인은 지켜보는 존재다. 나와 연결되기 위해서가 아니라 나와 같은 궤도를 돌고 있는 존재로 옆에 있어준다. 나도 뛰고 있으니 너도 계속 뛰어. 혼자 뛰고 있지만 같이 뛰고 있는 거야.

『고독사 워크숍』은 심야코인세탁소라는 업체가 운영하는 일종의 채널 공유 사이트다. 이들이 제공하는 고독사 워크숍에 참여하기 위해 회원으로 가입한 저마다 고독한 사람들은 각자 자기만의 고독 채널을 만들고 그 채널에 시시한 일상들을 업로드한다. 그러면서 달라지는 게 뭐냐고? 자신의 고독과 친해질 수 있다. "어설프게 수상하고 애매하게 한심한 고독사 모임"이지만 자신의 고독과 한층 친밀해지고 타인의 고독을 지켜봐준다는 점에서 보자면 수상하고 한심하기만 한 사업 모델은 아닌 것이다.

한편 이 책은 고독사 워크숍에 참여하게 된 열세 명의 사연을 옴니버스식으로 보여주는 소설이기도하다. 고독의 유전자가 어디에서 왔고 어디로 흐르고 있는지 보여주는 가운데 고독'사' 이야기를 고독'생' 이야기로 바꾼다는 점에서 효과 만점 워크숍이라고도 할 수 있겠다.

그나저나 일인용 밴드 이름이 나열되는 가운데 가장 마지막에 나오는 밴드 이름을 많은 사람들이 기억했으면 좋겠다. "우리는 예전에도 틀린 적이 있고, 그러니 뭘 망설이고 있나요"는 사실 웨이비 그레이비Wavy Gravy라는 이름을 가진 아이스크림의 묘비명 속 한 문장이다. 물론 진짜 묘비가 있다는 말은 아니다. 벤앤제리스 아이스크림의 웹사이트에는 단종된 맛 아이스크림의 묘비명 문구들이 있고, 그중 웨이비 그레이비맛 아이스크림 묘비명에 이같은 문장이 있다는 것이다. 이제는 만날 수 없게 된 맛 아이스크림이지만 우리는 예전에도 틀린 적이 있으므로 이 죽음은 영원하지 않을 거라는 말. 단종된 맛은 다시 나타날 수도 있다. 당신이 포기하지만 않는다면.

고독사가 비참한 종말을 상기하는 차가운 단어라는 걸 부정할 수는 없다. 하지만 나만의 고독을 가꾸고 나의 고독과 친해지다보면, 그러니까 고독생의 프로가 되기를 포기하지 않는다면, 핑크빛 고독사를 꿈꾸는 것도 안녕한 고독사를 만드는 것도 그리 불가능한 일은 아닐 것이다. 포기하지만 않는다면, 매일 시작할 용기를 낼 수만 있다면 말이다.

오늘의 책 :   어느 날 뒤바뀐 삶, 설명서는 없음

지은이 :   게일 콜드웰

옮긴이 :   이윤정

출판사 :   김영사

발행일 :   2022년 5월 18일

오늘의 엔딩 :   추억은 컴퓨터의 메인보드와 같다.

  많은 경험으로 추억을 쌓으면

  언제든 되돌려받는다.

오늘의 노트 :   언젠가 그 모든 일이

  반드시 무언가를 되돌려줄 거라고,

  잃은 건 아무것도 없다고.

no. 52

『어느 날 뒤바뀐 삶, 설명서는 없음』은 미국의 저명한 비평가 게일 코드웰의 자전적 에세이다. 게일 콜드웰은 어린 시절 소아마비를 앓았다. 훗날 치료법이 나와 수술을 받았지만 이후 오랜 시간 수술 후유증에 대한 두려움과 신체적 통증들로 고통받았다. 그런가 하면 그의 50대는 상실로 인한 통증으로 점철된다. 친구의 죽음, 부모의 죽음 그리고 반려견의 죽음까지. 게일은 6년 사이에 소중한 존재들과 너무 많이 이별했다. 그러나 이 책은 상실에 대해 그다지 많은 말을 하지 않는다. 게일은 삶이 행진하는 과정에서 발생하는 부수적 피해들에 집착하지 않는다. 그 일들이 별스럽지 않아서가 아니다. 오히려 그 반대다. 힘든 일은 언제나 계속되기 때문이다. "작은 지옥"은 어디에나 있다.

대신 이 책은 상시 대기중인 불행과 함께 살아가기 위해 그가 얼마나 꾸준히 조정을 연습했는지, 그로 인해 근력 손실에 얼마만큼 선방했는지에 대해 이야기한다. 통증 때문에 제대로 걷거나 허리를 숙이는 것조차 힘든 상황에서 힘이 넘쳐나는 25킬로그램짜리 썰매견을 돌보는 나날이 얼마나 고된지, 그러면서도 행복했는지 이야기한다. 언제 어디에서나 등장하는 "작은 지옥" 앞에서 우리가 할 수 있는 일이란 지옥이 없는 길로 가는 것이 아니라 (그건 불가항력이다) 점점 더 적은 힘으로도 지옥을 건널 수 있게 되는 것, 즉 변화하는 것이다. 변하기 위해서는 경험이, 바꿔 말해 엔딩들이 필요하다. 끝은 경험이고, 끝은 변화다.

끝에 이르면 많은 작가가 '현자'가 된다. 모든 날이 다 좋았고 모든 것이 다 의미 있었다고 말하는 식이다. 돌아보는 행위가 무슨 마법의 제스처라도 되는 걸까? 한때는 그 사실을 이해할 수 없었고, 그런 결말들을 언제나 조금씩 의심하는 편이었다. 이 책의 마지막도 모든 것이 다 중요하다는 얘기로 끝난다. 모든 것이 중요한 이유는 그것이 경험이라 불리는 거대한 것으로 변해 결국에는 삶 자체가 되기 때문이라는 것이다. 어김없이 '현자' 타임. 그런데 이번엔 의심이 아니라 확신이 들었다. 돌아보는 행위가 마법의 제스처였던 것이 아니라 변화가 곧 마법이었다는 걸 알았기 때문이다. 세상을 보는 시선이 변하면 과거는 달라 보일 수밖에 없다. 끝은 변화의 증거다. 변형과 변화가 삶이 행진하는 방식이며, 불행을 불행으로만 보지 않게 되는 것이야말로 삶이 우리를 성장시키는 방식이다.

가끔 왜 문학을 읽어야 하느냐는 질문을 받는다. 살다보니, 문학을 읽어야 하는 이유는 너무나도 명확했다. 아플 때 약을 먹는 것만큼이나 분명해서 설명할 필요조차 못 느낄 만큼. 문학이 아니라면 우리는 누구에게서도 어디에서도 이만큼 구체적으로 인생을 배울 수 없다. 살아가면서 겪어야만 하는 상실과 후회, 절망과 좌절, 나아가 늙고 병들고 죽는 그 모든 그늘진 시간을 견뎌내기 위해서는 정보를 처리하고 지식을 습득하는 것만이 아니라 감정을 처리하고 관계 속에서 자신과 타인이라는 존재를 습득하는 능력이 필요하다. "작은 지옥"은 대개 우리 마음속에 있고, 그 마음 지옥에 대해 깊은 대화를 나누기에는 실패의 왕좌들만큼 좋은 스승이 없다. 위대한 작가란 위대한 실패자에 다름 아니고, 위대한 실패자는 그 자체로 새로운 길의 개척자다. 그들의 여정은 우리로 하여금 고통스러운 사건을 변화라는 관점으로 바라볼 수 있게 해준다.

그렇다고 해서 문학을 읽으면 기적처럼 희망이 생긴다거나 순식간에 대단한 위로를 받게 된다는 것도 과장일 수밖에 없다. 책을 통해 대비할 수 있는 일이란 없기 때문이다. 벌어질 일은 벌어지고 만다. 문학작품을 많이 읽는다고 해서 일어난 일을 바꿀 수도 없다. 그럼에도 우리는 문학을 필요로 한다. 약을 찾듯 문학을 찾는다. 〈드라이브 마이 카〉로 잘 알려진 영화감독 하마구치 류스케는 좋은 문학작품을 가리켜 한 사람이 성실하고 용감하게 자신의 삶과 마주한 결과라고 말했다. 자신의 비극과 마주한 기록은 그것을 읽고 있는 독자에게 자신의 상처를 견딜 만한 것으로 인식하게 해준다. 견딜 수 없는 일을 견딜 만한 것으로 인식하게 된다는 건 끝에서 변화를 읽고 의미를 발견할 수 있게 되었다는 것이다. 변화엔 좋고 나쁨이 없다. 그러니 누구도 대신 의미를 만들어줄 리 없다. 의미는 오직 변화의 당사자만이 만들 수 있다. 문학을 통해 우리는 의미 찾기를 연습한다. 변화에서 좋은 의미를 찾아낼 수 있게 된다. 모든 엔딩은 변화에 대한 변론이자 변화를 향한 의지다.

게일은 과거의 자신에게 말했으면 좋았을 다섯 가지에 대해 언급하며 자신이 삶과 마주한 결과를 보여준다. 알아듣지 못할 말로 사랑을 표현하는 아빠를 이해하기. 신체와 함께 살아가기. 불안하더라도 항상 당당하기. 모든 것이 중요하다고 생각하기. 살아 있음의 기적을 기억하기. 그리고 이 모든 것을 포함하는 마지막 문장. "추억은 컴퓨터 메인보드와 같다. 많은 경험으로 추억을 쌓으면 언제든 되돌려받는다."

사람들은 모두 무언가를 믿는다. 이제 나는 내 추억을 믿는다. 언젠가 그 모든 일이 내게 말을 걸어올 거라고, 그때 그 고통의 순간을 변화의 순간으로 바라보게 할 거라고, 반드시 무언가를 되돌려줄 거라고, 잃은 건 아무것도 없다고. 변화라고 생각하면 끝은 언제나 시작일 수밖에 없다.

백마 탄 왕자는 믿지 않지만
백마 탄 문장은 믿는다

outro

이 책에 수록된 52편의 글은 2019년 가을부터 2022년 여름까지 『이코노미 조선』에 격주로 연재되었던 글이다. 2주에 한 번씩 내가 쓴 글이 실린 잡지가 도착할 때마다 내 자리가 아닌 곳에 실수로 초 대받은 사람처럼 어색했다. 골프와 투자, 와인과 자동차, 건강과 법 률…… 왜 이 지면에 있는지 더 설명할 필요가 없을 만큼 시의적절 한 글들이 전진하는 사이에서 나만이 실패를 쓰다듬고 절망을 뒤적 거리느라 뒤로 가는 것 같았다. 3년이 지나도록 어색한 그 시차를 어 쩌지 못했다.

하지만 가만히 생각해보니 그 시간 동안 나는 내 글도 경제 잡지를 보는 독자에게 '정보'를 주고 있다고 믿었던 것 같다. 차이가 있다면 이 정보들을 기억하는 것이 의식의 일이 아니라 무의식의 일이라는 사실이었을 것이다. 무의식의 지배를 받는 내 정보들은 사는 동안 영 원히 누구의 쓸모도 되지 못할 수 있다. 쓸모가 생긴다면 그의 삶이 실패나 절망을 배회하는 중일 가능성이 높다는 뜻이기도 하고. 아무튼 문학도 정보를 준다. 힘들고 아플 때 만날 확률이 높다는 조건은 가혹하지만 그럴 때 만날 수 있는 존재가 있다는 건 든든한 일이다.

나는 기억력이 썩 좋지 않다. 거듭 읽지 않으면 웬만한 작품은 읽고 난 뒤 상당 부분을 잊어버린다. 그래도 헛수고라고 생각하지 않는다. 여기서 다시 새겨보는 무의식. 나는 잊었다 여길지 몰라도 내 뇌는 아직 잊지 않았을 것이다. 책을 읽는 동안 뇌에는 복잡한 일들이 벌어진다. 그 일들이 머릿속 어딘가에 읽은 것들을 저장해두었다 내가 길을 잃고 어둠 속을 헤맬 때(그런 일은 반드시 일어난다) 부지런히 그 저장해둔 것을 찾아내 나를 구해줄 것이라 믿는다. 잠자는 내 용기를 깨워줄 백마 탄 문장들.

그중에서도 마지막 문장은 인류가 남긴 희망의 유산이다. 마지막 문장들 가운데 근사한 경구가 많기도 하지만 꼭 그래서만은 아니다. 그런 문장들은 도입부를 비롯해 어디에나 있을 수 있다. 그건 꼭 위치의 문제는 아니며, 화려함이라면 첫 문장 쪽이 훨씬 더 많아야 할 것이다. 첫 문장은 읽지 않은 사람의 눈길을 끌어야 하는 반면 마지막 문장은 읽은 사람의 납득을 얻어야 하기 때문이다. 눈길을 잡아두는 일에 비하면 눈길을 끄는 건 쉬운 일일지도 모른다.

마지막 문장은 끝까지 읽은 사람만 그 묘미를 발견할 수 있는 광활한 세계다. 작품을 정직하게 완주한 사람만이 마지막 한마디의 무게를 정확히 가늠할 수 있다. 그 점이 인생을 닮았다. 회피하지 않고 끝까지 가본 사람만이 마지막이라는 순간의 주인이 될 수 있다. 그런 사람들에게 끝은 '와버린' 게 아니다. 그들은 끝을 맞이한다. 이 책에서 내가 그러모은 마지막 문장들은 맞이한 끝, 환대받은 끝, 끝나지 않는 끝, 부활하는 끝이다. 끝은 변화의 일부이고 변화는 끝을 통해서만 자신을 드러낸다. 끝의 미학을 찾아 헤맸지만 끝이라는 미학에 도달했을 뿐이다. 출발할 땐 상상하지 못했던 이 도착지가 마음에 든다. 끝이라는 순간에 매료된 나는 때로 끝을 기다리기도 한다. 그러다 가끔 두려워지면 주문처럼 되뇌는 한 문장. 이제 그것을 보았어. 끝을 사랑하는 사람들이 기억하는 빛나는 마지막이자 마지막이라는 빛이다.

책을 내는 일의 무게에 대해 잘 알고 있다. 내가 쓴 글이 누군가의 소중한 시간 속에 있을 수 있다는 상상은 즐겁지만 두렵고 설레지만 부끄럽다. 우물쭈물하는 내가 이 책을 끝낼 수 있도록 밀고 끌며 함께해준 난다 편집부에 감사드린다. 한시절 팟캐스트 〈낭만서점〉에서 고전문학 읽기 방송을 진행했다. 방송을 들어주실 뿐만 아니라 따뜻한 마음과 응원의 글까지 나누어준 청취자들은 두말할 것도 없이 내가 고전 읽기를 계속할 수 있었던 원동력이었다. 이 책이 그날그날의 응원에 대한 조금의 보답이라도 될 수 있다면 좋겠다. 마지막으로 문학. 어떤 밤에는 문학만이 나를 살려두었다. 문학은 내 영혼의 평생 직장. 여기서 죽을 때까지 일하며 사랑을 벌고 살아갈 힘을 얻어낼 것이다.

이제 그것을 보았어

ⓒ 박혜진 2022

초판 1쇄 발행 2022년 9월 30일
초판 3쇄 발행 2023년 1월 31일

지은이 박혜진
펴낸이 김민정
책임편집 김동휘
편집 유성원 권현승
표지디자인 한혜진
본문디자인 백주영
표지그림 이현우
마케팅 정민호 이숙재 김도윤 한민아 이민경 정유선 김수인
브랜딩 함유지 함근아 김희숙 고보미 박민재 박진희 정승민
제작 강신은 김동욱 임현식
제작처 한영문화사

펴낸곳 (주)난다
출판등록 2016년 8월 25일 제406-2016-000108호
주소 10881 경기도 파주시 회동길 210
전자우편 nandatoogo@gmail.com **페이스북** @nandaisart **인스타그램** @nandaisart
문의전화 031-955-8875(편집) 031-955-2696(마케팅) 031-955-8855(팩스)

ISBN 979-11-91859-33-1 03810